Histórias para adultos estressados

Introdução de **Lucy Mangan**

Histórias para adultos estressados

Contos para acalmar almas cansadas

Tradução
Alessandra Esteche
e Raquel Zampil

1ª edição

BestSeller
Rio de Janeiro | 2022

TÍTULO ORIGINAL
Bedtime Stories for Stressed Out Adults: Tales to Soothe Tired Souls

COPIDESQUE
Priscila Catalão

REVISÃO
Rafaela Miranda

DESIGN DE CAPA
Juliana Misumi

CIP-BRASIL. CATALOGAÇÃO NA PUBLICAÇÃO
SINDICATO NACIONAL DOS EDITORES DE LIVROS, RJ

Histórias para adultos estressados : contos para acalmar almas cansadas / organização Lucy Mangan ; tradução Raquel Zampil Monteiro, Alessandra Esteche. - 1. ed. - Rio de Janeiro : BestSeller, 2022.

Tradução de: Bedtime stories for stressed out adults
ISBN 978-65-5712-155-9

1. Stress (Psicologia). 2. Relaxamento. 3. Distúrbios do sono. 4. Biblioterapia. I. Mangan, Lucy. II. Monteiro, Raquel Zampil. III. Esteche, Alessandra.

22-76447 CDD: 615.85162
CDU: 615.851:028.02

Meri Gleice Rodrigues de Souza - Bibliotecária - CRB-7/6439

Impresso no Brasil

ISBN 978-65-5712-155-9

Sumário

Introdução

por Lucy Mangan

Você lembra como era ler na infância? A sensação maravilhosa de estar completamente entregue a um livro. Deslizar suavemente entre a realidade e a imaginação. Ficar sentado no sofá enquanto Cair Paravel, jardins esquecidos, províncias canadenses à beira-mar, pântanos cobertos de vegetação, ruínas misteriosas, pradarias de Minnesota e cadeias de montanhas suíças surgiam à sua volta, e você acompanhava as aventuras de heroínas de cabelos ruivos, cães leais, leões falantes, fantasmas, bruxas e até crianças como você, mas sem o azar de terem nascido no tédio do aqui e agora, até ser chamado de volta à vida familiar pelo anúncio de mais uma refeição ou da hora de dormir.

Eu me lembro bem dessa sensação e adoraria recuperá-la. Mas não tanto, talvez, quanto gostaria de recuperar o conforto igualmente maravilhoso do sono infantil. Eu provavelmente odiava ter de ir para a cama — o anúncio das refeições era bom, mas a hora de ir para a cama eu temia, pois só podia imaginar o quanto os adultos se divertiriam sem mim! —, mas, uma vez deitada, a paz e o calor abundantes logo tomavam conta e eu deslizava com a mesma suavidade com que havia deslizado de Catford à Academia da Srta. Cackle, desta vez do mundo dos despertos para os domínios de Morfeu.

Assim como muitas coisas nesta vida, a alegria do sono profundo e da leitura imersiva é desperdiçada pelos jovens. É agora, na idade adulta, que realmente precisamos de todo o conforto restaurador que eles oferecem. Imagine um mundo no qual você fosse para a cama e... dormisse. Simplesmente dormisse. Sem ficar deitado ali por uma hora repassando os acontecimentos do dia — talvez atualizando o registro no cartão mental de sucessos e fracassos pessoais (eu subdivido o meu nas categorias "profissional", "doméstico", "materno" e "como filha" para facilitar o acesso e permitir autocensuras mais específicas; afinal, sou muito ocupada. Não tenho tempo para uma abordagem de autocondenação aleatória) — e prometendo fazer melhor no dia seguinte. Sem a necessidade de planejar a lista de afazeres do dia seguinte, traçar um plano para a semana e compará-lo com a agenda mensal na cabeça (*Por que você não mantém um caderno ao lado da cama?*, grita seu crítico interior implacável, fazendo mais um registro no quadro de fracassos domésticos). Sem repassar a lista de preocupações mais e menos importantes (da lava-louças com defeito, passando pelo aquecimento global, chegando, sempre, ao câncer), antes de finalmente cair no sono de pura exaustão emocional.

Imagine ler um livro sem uma lista de responsabilidades expulsando as palavras de seu cérebro, sem uma maré de ansiedade desmanchando o mundo ficcional tão rápido quanto você tenta construí-lo.

Este livro é uma pequena tentativa de recriar essas alegrias perdidas para — como diz o título — adultos estressados, enlouquecidos pelas demandas do lar, da família e do trabalho e pela fronteira irremediavelmente tênue entre os três. Iluminada, é lógico, pela luz azul fria da tela do celular, que, de alguma forma, apesar de todo o nosso esforço, parece ser a primeira coisa que pegamos pela manhã e a última coisa que checamos — Por quê? Por que fazemos isso conosco? Por quê?! — à noite. Esta coleção de contos (ou pepitas retiradas de livros mais longos porque também compreendem um conto em miniatura) e poemas buscam conter por um tempinho as demandas contracorrentes que fluem sem parar pela vida moderna e restaurar um pouco de paz ao fim de dias cada vez mais longos e frenéticos.

Deixe-se embalar pelos ritmos dos poemas ("Então feche os olhos e ouça a melodia/Sobre esse mundo encantado, /E você vai ver tantas maravilhas/Balançando no mar enevoado/Onde o sapato ninou os três pescadores: /Piscada, /Pestana/e Toscano."), deixe-se levar pelo restante dos textos, cada um à sua maneira. O poder elementar de um conto de fadas como *A leste do Sol, a oeste da Lua* atua em todos nós em um nível visceral — poucas são as preocupações e irritações mesquinhas capazes de resistir a seu chamado insistente —, ainda que meu grande amor eterno seja o gênero aliado do mito, aqui belamente representado pela versão de Andrew Lang do momento mais potente de todos; a revelação de Arthur como o verdadeiro rei, em *A espada*. Eu gostaria de dormir todas as noites esperando que a lenda seja verdadeira, e que ele volte para nos salvar na hora mais sombria. Que, metaforicamente, se não literalmente, a propósito, é às 4 da manhã, como sabe qualquer pessoa que já tenha acordado a essa hora — por má sorte, bebedeira ou bebê recém-nascido.

Ou, é óbvio, há o caminho mais comum para sair da rotina diária; refazer os passos da infância. Mesmo que você não possa exatamente voltar a ler como uma criança, pode chegar perto voltando a ler *o que* lia quando criança. Então aqui temos *A tia e Amabel*, de E. Nesbit, em que a jovem heroína caída em desgraça passa por um guarda-roupa (e por que não deixar que isso o distraia com memórias de outros guarda-roupas-portais sobre os quais você já leu, que já conheceu e amou? É melhor do que encher a cabeça de raiva por causa da greve do metrô que está por vir, por ter que fazer uma fantasia para o próximo Dia Nacional de Bobagens Desnecessárias da escola, ou pela incapacidade dos maridos de trocar o rolo de papel higiênico) e encontra compaixão e redenção. Ou você pode revisitar Heidi devorando carne defumada e queijo de cabra com o avô em sua cabana, acompanhar Anne de Green Gables e Diana em sua jornada de ida e volta para ver uma exposição na cidade e em casa novamente, ou ir em direção aos cantos ocultos de Misselthwaite Manor com Mary e Dickon e deixar a paz mágica de *O jardim secreto* encantá-lo mais uma vez. Com sorte, logo estará caindo como Alice, que também aparece aqui, pela toca do coelho da consciência, mas talvez chegando a uma paisagem onírica menos frenética daquela que Lewis Carroll construiu para esta garotinha.

Se a infância não é um lugar para onde fugir, ou o puro escapismo não for sua praia, ainda assim *Histórias para adultos estressados* pode ser para você. Se preferir o cardápio adulto e o conforto de um destino compartilhado em vez de um refúgio, recorra a *O cansaço de Rosabel*, no qual ela repassa na cabeça os acontecimentos do dia na loja onde trabalha, corrigindo e melhorando à medida que avança antes de finalmente cair em um sono que promete ser restaurador, ao menos por enquanto. Ou deixe que a abdicação da responsabilidade e o estado de fuga em que a protagonista pobre e mãe de quatro filhos de *Um par de meias de seda* cai o provoque a fazer o mesmo durante os poucos minutos gloriosos necessários para ler esse conto silenciosamente subversivo.

Gostos individuais diferem, certamente, mas cada conto — seja em prosa, poesia ou extraído de uma obra maior — aqui é, de duas maneiras importantes, perfeito para a hora de dormir. Por quê? Porque são curtos e estamos cansados; e porque são narrativas.

Qualquer que seja nossa idade, as narrativas nos acalmam. São o que os psicólogos chamam de "ato primário da mente". Em outras palavras, formular narrativas é como damos sentido ao mundo. Não fomos projetados para experimentar a vida como uma série aleatória de acontecimentos distintos que agem sobre nós. Se nos conceituássemos como apenas mais um conjunto de dados em um universo indiferente (embora essa verdade brutal pareça ter o hábito de se revelar no horário já mencionado das 4 da manhã), enlouqueceríamos. Então fazemos conexões, inferimos causalidade, prevemos, imputamos, anedotizamos — e superamos.

Histórias deliberadamente elaboradas, trabalhadas, planejadas, polidas à perfeição vão ainda mais longe e nos fornecem a satisfação narrativa e a conclusão nítida que a vida, embora tentemos com afinco, raramente oferece. Aquelas que estão neste livro fazem isso em poucas páginas ou versos. Desafio qualquer um a fechar o livro após o delicado ciclo de vida de *O gigante egoísta*, de Oscar Wilde, o rigor resplandecente de *As janelas douradas*, de Laura E. Richards, ou a obra-prima *O presente dos magos*, de O. Henry (cujas peças talhadas à perfeição com precisão se encaixam e ronronam como o motor de um Rolls Royce) sem um suspiro profundo de puro contentamento.

Em uma época em que a existência geralmente parece definida — ou pelo menos circunscrita — pela quantidade de coisas ainda por fazer (aquela lista de afazeres nunca termina, tarefas maiores apodrecem como a gosma na lava-louças estragada porque chamar o técnico ainda está na lista e, o pior de tudo, amigos mais velhos me dizem que, apesar da minha esperança, essa coisa de criar um filho nunca parece uma tarefa concluída, ainda que mal concluída), existe jeito melhor de terminar o dia do que com um conto lido em sua inteireza? Fuja, e alcance uma conquista sólida e real.

Desfrute de qualquer conto que escolher. Que todos nós tenhamos bons sonhos esta noite.

O presente dos magos

O. HENRY

Um dólar e oitenta e sete centavos. Isso era tudo. E sessenta centavos eram em moedas de um. Moedas economizadas uma ou duas por vez intimidando o dono da mercearia, da quitanda e do açougue até o rosto arder com a imputação silenciosa da parcimônia que uma negociação apertada como essa implicava. Três vezes, Della contou. Um dólar e oitenta e sete centavos. E no dia seguinte seria Natal.

Logicamente não havia nada a fazer a não ser cair no sofá surrado e chorar. E foi o que Della fez. O que instiga a reflexão moral de que a vida é feita de soluços, fungadelas e sorrisos, com predominância das fungadelas.

Enquanto a dona da casa vai passando aos poucos do primeiro estágio ao segundo, demos uma olhada na casa. Um apartamento mobiliado a oito dólares por semana. Na verdade, não há muito que descrever, a ponto de talvez chamar a atenção dos policiais que à época iam atrás de mendigos.

Na entrada no andar de baixo, havia uma caixa de correspondência em que nenhuma carta jamais entrava, e um botão elétrico que nenhum dedo mortal jamais se atreveria a tocar. Havia também uma plaquinha que anunciava “Sr. James Dillingham Young”.

O "Dillingham" fora acrescentado durante um período anterior de prosperidade, quando seu proprietário ganhava trinta dólares por semana. Agora que a renda tinha sido reduzida a vinte dólares, no entanto, eles estavam pensando seriamente em contrai-lo em um modesto e despretensioso D. Mas sempre que o Sr. James Dillingham Young chegava em casa e subia ao apartamento, ele era chamado de "Jim" e era abraçado com força pela Sra. James Dillingham Young, já apresentada aqui como Della. O que é muito bom.

Della parou de chorar e tratou das bochechas com pó compacto. Ficou em pé, à janela, observando entediada um gato cinza que caminhava sobre a cerca cinzenta de um quintal cinzento. No dia seguinte seria Natal e ela tinha apenas um dólar e oitenta e sete centavos para comprar um presente para Jim. Passara meses economizando cada centavo e esse era o resultado. Vinte dólares por semana não duram muito. Os gastos tinham sido maiores do que ela calculara. Sempre são. Apenas um dólar e oitenta e sete centavos para comprar um presente para Jim. O seu Jim. Tinha passado muitas horas felizes planejando algo bom para ele. Algo elegante, raro e genuíno — algo minimamente próximo de ser digno da honra de pertencer a Jim.

Havia um espelho longo entre as janelas da sala. Talvez você já tenha visto um espelho como aquele em um apartamento de oito dólares. Uma pessoa bastante magra e ágil talvez consiga, observando seu reflexo em uma sequência rápida de faixas longitudinais, obter uma ideia bastante precisa de sua aparência. Della, esguia, dominava essa arte.

De repente, ela se afastou da janela e ficou em frente ao espelho. Seus olhos brilhavam intensamente, mas seu rosto perdera a cor em vinte segundos. Ligeira, ela soltou o cabelo e deixou-o cair em toda a sua extensão.

Havia dois pertences dos James Dillingham Young dos quais os dois se orgulhavam muito. Um deles era o relógio de ouro de Jim que pertencera a seu pai e a seu avô. O outro era o cabelo de Della.

Se a rainha de Sabá morasse no apartamento que ficava do outro lado do duto de ventilação, Della deixaria o cabelo pender pela janela um dia para secar só para depreciar as joias e os presentes de Sua Majestade. Se o rei Salomão fosse o zelador, com todos os seus tesouros empilhados no porão, Jim exibiria o relógio sempre que ele passasse, apenas para vê-lo puxar os pelos da barba de inveja.

E agora o belo cabelo de Della caía ondulante e reluzente como uma cascata de águas castanhas. Alcançava seus joelhos e era quase uma peça de roupa para ela. Então, ela o prendeu novamente, nervosa e ligeira, após ter fraquejado por um instante, imóvel enquanto uma ou duas lágrimas respingavam no tapete vermelho puído.

Vestiu o velho casaco marrom; colocou o velho chapéu marrom. Fazendo rodar a saia e, com os olhos ainda brilhando, ela saiu pela porta e desceu as escadas até a rua.

Onde parou, um letreiro dizia: "Mme. Sofronie. Produtos para cabelos de todos os tipos". Della subiu um lance de escada correndo, e se recompôs, ofegante. A Madame, grande, branca demais, indiferente, não fazia jus ao nome "Sofronie".

— Quer comprar meu cabelo? — perguntou Della.

— Eu compro cabelo — respondeu Madame. — Tira o chapéu e vamos dar uma olhada nisso.

E a cascata castanha caiu ondulante.

— Vinte dólares — disse Madame, levantando a massa com mãos experientes.

— Pois pague depressa — disse Della.

Ah, e as duas horas seguintes passaram voando. Perdoe a metáfora batida. Ela vasculhou as lojas em busca de um presente para Jim.

Finalmente encontrou. Evidentemente fora feito para Jim e para mais ninguém. Não havia nada parecido em nenhuma outra loja, e ela tinha revirado todas. Era uma corrente de platina de design simples e modesto, declarando seu valor apenas pela substância, não por uma ornamentação chamativa — como tudo que é bom. Era digna até mesmo do Relógio. No instante em que a viu, ela soube que a corrente tinha de pertencer a Jim. Era como ele. Discrição e valor — a descrição se aplicava a ambos. Vinte e um dólares lhe tiraram pela corrente, e ela correu para casa com os oitenta e sete centavos. Com aquela corrente no relógio, Jim poderia devidamente ficar ansioso com a hora na companhia de qualquer pessoa. Por mais magnífico que o relógio fosse, Jim às vezes o consultava às escondidas em razão da velha pulseira de couro que usava no lugar da corrente.

Quando Della chegou em casa, o êxtase deu lugar à prudência e à razão. Ela pegou os modeladores, acendeu o fogo e começou a reparar os danos feitos pela generosidade acrescida do amor. O que é sempre uma tarefa tremenda, caros amigos — uma tarefa hercúlea.

Em quarenta minutos, sua cabeça estava coberta de cachos minúsculos que a faziam parecer um garoto levado. Ela observou o próprio reflexo no espelho por um bom tempo, com um olhar atencioso e crítico.

— Se Jim não me matar — disse a si mesma — assim que me vir, ele vai dizer que pareço uma corista de Coney Island. Mas o que eu poderia fazer... Ah! O que eu poderia fazer com um dólar e oitenta e sete centavos?

Às 19 horas, o café estava pronto e a frigideira estava sobre o fogão, quente e pronta para preparar as costeletas. Jim nunca se atrasava. Della pegou a corrente e se sentou à ponta da mesa próxima à porta por onde ele sempre entrava. Então, ouviu seus passos lá no primeiro degrau na escada e ficou branca por um instante. Tinha o hábito de fazer uma pequena oração silenciosa sobre as pequenas coisas do dia a dia, então sussurrou:

— Por favor, Deus, faça com que ele ainda me ache bonita.

A porta se abriu e Jim entrou e a fechou. Ele era magro e muito sério. Pobre sujeito, tinha apenas 22 anos — e carregava o fardo de uma família! Precisava de um casaco novo e estava sem luvas.

Jim parou à porta, imóvel como um cão de caça ao farejar uma codorna. Seus olhos estavam fixos em Della, e havia neles uma expressão que ela não conseguia decifrar, e que a deixou apavorada. Não era raiva, nem surpresa, nem reprovação, nem horror, nem qualquer um dos sentimentos para os quais ela tinha se preparado. Ele apenas olhava fixamente para ela com aquela expressão peculiar no rosto.

Della levantou se contorcendo e foi até ele.

— Jim, querido — pediu ela —, não me olhe assim. Cortei e vendi o cabelo porque não seria capaz de passar o Natal sem te dar um presente. Vai voltar a crescer... Você não se importa, não é? Eu tinha que fazer isso. Meu cabelo cresce muito rápido. Diga "Feliz Natal!", Jim, e vamos ser felizes. Você nem imagina o presente lindo e elegante que eu comprei.

— Você cortou o cabelo? — perguntou Jim, com muito custo, como se não tivesse percebido esse fato óbvio mesmo depois do mais árduo trabalho mental.

— Cortei e vendi — disse Della. — Mas você não continua gostando de mim assim mesmo? Ainda sou eu sem o cabelo, não sou?

Jim olhou ao redor, curioso.

— Está dizendo que seu cabelo se foi? — perguntou ele, com um ar quase de estupidez.

— Você não precisa procurá-lo — disse Della. — Foi vendido, eu disse... Já se foi. É véspera de Natal, garoto. Seja bom comigo, pois foi por você. Os fios de cabelo da minha cabeça podiam ser contados — ela continuou com uma doçura súbita e grave —, mas ninguém jamais poderia contar meu amor por você. Coloco as costeletas no fogo, Jim?

Saindo do transe, Jim pareceu acordar ligeiro. Ele abraçou sua Della. Durante dez segundos, observemos com escrutínio discreto um objeto qualquer em outra parte. Oito dólares por semana ou um milhão por ano — qual é a diferença? Um matemático ou um sábio dariam a resposta errada. Os magos trouxeram presentes valiosos, mas esse não estava entre eles. Essa afirmação obscura será elucidada mais adiante.

Jim tirou um pacote do bolso do casaco e jogou sobre a mesa.

— Não se engane, Dell — disse —, a meu respeito. Não acho que exista nada, um corte de cabelo ou uma raspagem ou um xampu, que me faria gostar menos da minha garota. Mas se você abrir aquele pacote talvez descubra por que fiquei um pouco surpreso de início.

Dedos brancos e ágeis rasgaram o laço e o papel. Então um grito extático de alegria; então, ai! Uma mudança feminina ligeira para lágrimas e lamentos histéricos, demandando o emprego imediato de todo o poder de consolação do senhor do apartamento.

Pois ali estavam Os Pentes — o conjunto de pentes que Della venerava havia muito em uma vitrine da Broadway. Belos pentes, de casco de tartaruga, com bordas cravejadas — do tom exato para o cabelo que se foi. Eram pentes caros, ela sabia, e seu coração apenas os desejava e ansiava por eles sem a menor esperança de que fossem seus. E agora eram, mas os cachos que os adornos cobiçados deveriam adornar, não mais.

Mas ela os abraçou contra o peito, e finalmente conseguiu levantar os olhos turvos e dizer, sorrindo:

— Meu cabelo cresce tão rápido, Jim!

E Della saltou como uma gatinha chamuscada e exclamou:

— Ah, não!

Jim ainda não tinha visto seu belo presente. Ela o ofereceu, ansiosa, sobre a palma aberta. O metal precioso opaco pareceu brilhar com o reflexo de seu espírito flamejante e ardente.

— Não é primorosa, Jim? Vasculhei a cidade inteira atrás dela. Você vai ter de olhar as horas cem vezes por dia agora. Me dê seu relógio. Quero ver como fica nele.

Em vez de obedecer, Jim despencou no sofá, colocou as mãos na nuca e sorriu.

— Dell — disse —, vamos guardar os presentes de Natal por um tempo. São bons demais para serem usados neste momento. Vendi o relógio para conseguir dinheiro para comprar os pentes. E agora acho que você pode colocar as costeletas no fogo.

Os magos, como você bem sabe, eram homens sábios — homens incrivelmente sábios — que trouxeram presentes para o Bebê na manjedoura. Inventaram a arte de dar presentes de Natal. Por serem sábios, seus presentes sem dúvida eram sábios também e possivelmente tinham o privilégio da troca em caso de repetição. E aqui, sem muita convicção, relatei a crônica monótona de duas crianças tolas em um apartamento que, imprudentes, sacrificaram um para o outro os maiores tesouros de seu lar. Mas em uma última palavra para os sábios dos dias atuais, permita-me dizer que, de todos aqueles que dão presentes, aqueles dois eram os mais sábios. De todos os que dão e recebem presentes, eles são os mais sábios. Em todos os lugares, eles são os mais sábios. Eles são os magos.

O rato

SAKI

Theodoric Voler fora criado, da infância até o confinamento da meia idade, por uma mãe afetuosa cuja principal preocupação era protegê-lo do que ela chamava de "realidades duras da vida". Ao morrer, ela deixou Theodoric sozinho em um mundo mais real do que nunca, e muito mais duro do que ele achava que precisava ser. Para um homem com seu temperamento e sua criação, até a viagem mais simples de trem era repleta de aborrecimentos insignificantes e pequenas discórdias, e, ao se acomodar em um compartimento de segunda classe em uma certa manhã de setembro, experimentava sentimentos desordenados e um desconforto mental generalizado.

Estivera hospedado em uma casa paroquial do interior, cujos internos certamente não eram brutais nem bacanais, mas sua supervisão do estabelecimento doméstico era de uma negligência que incitava o desastre. A carruagem de pônei que o levaria à estação nunca foi devidamente reservada e, quando o momento da partida se aproximou, o faz-tudo que deveria tê-lo providenciado não estava em lugar nenhum. Nessa emergência, Theodoric, para seu desgosto mudo, mas intenso, se viu obrigado a colaborar com a filha do vigário na tarefa de atrelar o pônei, o que exigia tatear um anexo mal iluminado a que chamavam estábulo, e que cheirava mesmo como um — exceto nas áreas em que cheirava a ratos. Embora não tivesse, efetivamente, medo de ratos, Theodoric os classificava entre os incidentes mais duros da vida, e considerava que a Providência, em um ligeiro exercício da coragem moral, podia já ter reconhecido que eles não eram indispensáveis e tê-los tirado de circulação.

Quando o trem deixou a estação, a imaginação nervosa de Theodoric o acusou de exalar um odor leve de estábulo, e possivelmente de exibir uma ou duas palhas nas roupas excepcionalmente bem escovadas. Felizmente, a única outra ocupante do compartimento, uma senhora mais ou menos da sua idade, parecia mais inclinada ao sono que ao escrutínio; o trem não pararia até chegar à estação final, em cerca de uma hora, e o vagão era do tipo antiquado, sem comunicação com um corredor. Portanto, nenhum outro viajante deveria invadir a semiprivacidade de Theodoric. No entanto, o trem mal havia alcançado a velocidade normal quando ele percebeu com relutância, porém vividamente, que não estava sozinho com a senhora adormecida; não estava sozinho nem mesmo em suas roupas.

Um movimento quente e rasteiro sobre sua pele entregou a presença indesejável e altamente ofensiva, invisível, mas pungente, de um rato perdido, que obviamente correra para seu esconderijo atual durante o episódio da atrelagem do pônei. Batidas e sacudidelas furtivas e beliscões direcionados não conseguiram desalojar o intruso, cujo lema, de fato, parecia ser Excelsior; e o ocupante legítimo das roupas recostou-se nas almofadas e logo se esforçou por desenvolver algum meio de colocar um fim à dupla propriedade. Era impensável que ele continuasse, durante uma hora inteira, na posição terrível de hospedaria para ratos errantes (sua imaginação já tinha ao menos dobrado o número de invasores estranhos). Por outro lado, nada menos drástico que despir-se parcialmente o livraria de seu algoz, e tirar a roupa na presença de uma senhora, ainda que por um propósito tão louvável, era uma ideia que fazia suas orelhas formigarem em um rubor de vergonha abjeta. Ele nunca fora capaz nem mesmo de expor as meias na presença do sexo oposto. E, no entanto, a senhora neste caso parecia estar profunda e seguramente adormecida; o rato, por outro lado, parecia estar tentando encaixar uma longa viagem sabática em alguns minutos extenuantes. Se existe alguma verdade na teoria da transmigração, este rato específico certamente ocupara o corpo de um alpinista. Às vezes, com afã, dava um passo em falso e escorregava alguns centímetros; então, assustado, ou mais provavelmente com raiva, mordia. Theodoric foi incitado ao empreendimento mais audacioso de sua vida. Assumindo o rubor de uma beterraba e mantendo o olhar agonizante na companheira de viagem adormecida, ligeiro e em silêncio, prendeu as pontas de seu cobertor nos bagageiros superiores que ficavam cada um em um lado do vagão, para que uma cortina substancial pendesse transversalmente ao compartimento. No vestiário estreito que havia assim improvisado, procedeu com uma pressa violenta para se livrar parcialmente e livrar o rato completamente dos invólucros de tweed e lã.

Quando o rato desenredado saltou para o chão, o cobertor, escorregando em cada uma das extremidades, também caiu com um baque aterrorizante, e quase ao mesmo tempo a adormecida desperta abriu os olhos. Com um movimento quase mais rápido que o do rato, Theodoric saltou sobre o cobertor e puxou-o até o queixo, cobrindo sua pessoa desmontada ao mesmo tempo que desabava no canto mais distante do vagão. O sangue corria e pulsava nas veias de seu pescoço e sua testa, enquanto ele esperava em silêncio que a campainha fosse puxada. A senhora, no entanto, contentou-se com um olhar silencioso para o companheiro estranhamente coberto. Quanto ela tinha visto? Theodoric se perguntou; e, em todo caso, o que será que ela devia achar de sua postura atual?

— Acho que peguei um resfriado — aventurou-se a dizer, desesperado.

— É mesmo? Sinto muito — respondeu ela. — Eu ia perguntar se você poderia abrir a janela.

— Imagino que seja malária — acrescentou ele, os dentes batendo levemente, ao mesmo tempo de pavor e de desejo de sustentar sua teoria.

— Tenho um pouco de conhaque em minha bagagem de mão, se você puder pegá-la para mim, por favor — disse a companheira de viagem.

— De jeito nenhum... quer dizer, eu nunca tomo nada para isso — garantiu ele, sério.

— Imagino que tenha pegado nos trópicos?

Theodoric, cujo conhecimento dos trópicos se limitava à caixa de chá que recebia de presente todos os anos de um tio do Ceilão, sentiu que até mesmo a malária lhe escapava. Seria possível, se perguntou, revelar a situação real em pequenas prestações?

— A senhora tem medo de ratos? — arriscou, ficando, se é que era possível, com o rosto ainda mais vermelho.

— Não, a menos que sejam muitos. Por que o senhor pergunta?

— Tinha um rastejando em minhas roupas agora mesmo — disse Theodoric, em uma voz que mal parecia sua. — Foi uma situação muito peculiar.

— Deve ter sido, caso suas roupas sejam justas — observou ela. — Mas ratos têm umas ideias bem estranhas no que diz respeito ao conforto.

— Eu precisava me livrar dele enquanto a senhora estava dormindo — continuou ele.

Então, engolindo em seco, acrescentou:

— Foi a tentativa de me livrar dele que me colocou... nesta situação.

— Se livrar de um ratinho certamente não causaria um resfriado — exclamou ela, com uma frivolidade que Theodoric considerou abominável.

Ela evidentemente havia percebido seu dilema e estava se divertindo com sua confusão. Todo o sangue de seu corpo pareceu se mobilizar em um rubor concentrado e uma agonia humilhante, pior que uma miríade de ratos, rastejava sobre sua alma. Então, quando a racionalidade começou a se impor, o pavor tomou o lugar da humilhação. A cada minuto que passava, o trem se aproximava da estação final lotada, onde dúzias de olhos curiosos tomariam o lugar daquele par paralisante que o observava do canto do vagão. Havia uma possibilidade tênue e desesperadora, que os minutos seguintes definiriam. Sua companheira de viagem talvez voltasse ao sono abençoado. Mas, à medida que os minutos corriam, essa possibilidade foi se esvaindo. O olhar furtivo que Theodoric lançava para ela de vez em quando revelava apenas uma vigília atenta.

— Acho que devemos estar chegando — observou ela em pouco tempo.

Theodoric já tinha percebido com um pavor crescente as moradias feias e pequenas que anunciavam o fim da viagem. Aquelas palavras foram como um sinal. Tal como um animal caçado que de repente deixa o esconderijo e corre loucamente em direção a algum refúgio de segurança momentânea, ele jogou o cobertor para o lado e vestiu as roupas desgrenhadas em um movimento frenético. Estava ciente das estações enfadonhas do subúrbio que passavam pela janela, da sensação de asfixia que martelava sua garganta e seu coração e do silêncio gélido naquele canto em direção ao qual ele não ousava olhar. Então, voltando a afundar em seu assento, vestido e quase delirante, o trem diminuiu a velocidade, e a mulher falou:

— O senhor poderia fazer a gentileza — perguntou — de pedir a um cabineiro que me coloque em um táxi? Sinto muito incomodá-lo, uma vez que o senhor não está se sentindo bem, mas com a cegueira fico desamparada em uma estação ferroviária.

A leste do Sol, a oeste da Lua

ANDREW LANG

Era uma vez um pobre lavrador que tinha muitos filhos e pouco para dar a eles em termos de comida ou roupas. Todos eram bonitos, mas a mais bonita era a filha mais nova, que era tão bela que não havia limites para sua beleza.

Então, certa vez — era tarde da noite de uma quinta-feira de outono, e o tempo lá fora estava tempestuoso, de uma escuridão terrível, e chovia e ventava tanto que as paredes da casinha tremiam —, todos eles estavam sentados juntos perto do fogo, cada um concentrado em um afazer, quando de repente alguém bateu três vezes na vidraça. O homem saiu para ver o que estava acontecendo, e lá estava um grande urso branco.

— Boa noite — disse o Urso Branco.

— Boa noite — respondeu o homem.

— O senhor me daria sua filha mais nova? — perguntou o Urso Branco. — Se concordar, vai ser tão rico quanto hoje é pobre.

Honestamente, o homem não tinha nenhuma objeção contra ser rico, mas pensou consigo mesmo: "Devo primeiro perguntar à minha filha." Então, entrou e contou a eles que havia um grande urso branco lá fora que tinha prometido deixá-los todos ricos se lhe dessem a filha mais nova.

Ela disse não, e não quis mais ouvir falar naquilo; então, o homem voltou a sair, e combinou com o Urso Branco que ele poderia voltar novamente na quinta-feira seguinte, para obter uma resposta. E o homem a persuadiu, e falou tanto sobre a riqueza que teria e como isso seria bom para ela, que a filha acabou decidindo aceitar, e lavou e remendou todos os seus trapos, se arrumou da melhor maneira que podia, e se preparou para ir. Tinha pouco para levar consigo.

Na quinta-feira seguinte, o Urso Branco veio buscá-la. Ela montou em suas costas com sua trouxa e assim eles partiram. Quando já tinham percorrido boa parte do caminho, o Urso Branco disse:

— Você está com medo?

— Não, isso não estou — respondeu ela.

— Segure firme em meu pelo, dessa forma não haverá perigo — disse ele.

E assim ela seguiu para muito, muito longe, até chegarem a uma grande montanha. Então o Urso Branco bateu, uma porta se abriu, e eles entraram em um castelo onde havia muitos cômodos ricamente iluminados que reluziam em ouro e prata, e um grande salão onde havia uma mesa bem servida, tão magnífico que seria difícil fazer com que alguém compreendesse o quanto era esplêndido. O Urso Branco deu a ela um sino de prata e disse-lhe que, se ela precisasse de qualquer coisa, era só tocar o sino e o que ela quisesse imediatamente apareceria. Então, depois de comer, e quando a noite se aproximou, ela ficou com sono depois da viagem e pensou que gostaria de se deitar. Tocou o sino, e mal tinha tocado nele quando se viu em um quarto com uma cama preparada para ela, tão bela que qualquer um gostaria de dormir ali. Havia travesseiros de seda e cortinas, também de seda, com franjas douradas, e tudo o que havia no quarto era de ouro ou prata, mas quando ela se deitou e apagou a luz um homem veio e se deitou ao seu lado, e eis que era o Urso Branco, que perdia a forma animal durante a noite. Ela nunca o viu, no entanto, pois ele sempre vinha depois que ela apagava a luz e ia embora antes que a luz do dia surgisse.

E tudo correu bem e alegremente por um tempo, mas então ela começou a ficar muito triste e arrependida, pois ficava o dia todo sozinha; e desejou muito voltar para casa, para o pai e a mãe e os irmãos e as irmãs. Então o Urso Branco perguntou o que ela queria, e ela disse a ele que era tão monótono na montanha, e que ela estava sempre sozinha, e que na casa de seus pais estavam todos os seus irmãos e irmãs, e era por não poder ir até eles que ela estava tão triste.

— Talvez exista uma solução para isso — disse o Urso Branco —, se você me prometer nunca conversar com sua mãe sozinha, mas apenas quando os outros estiverem presentes. Pois ela vai pegar sua mão — disse ele — e vai querer levá-la para outro cômodo para conversar com você a sós; mas você não deve fazer isso de jeito nenhum, ou trará grande sofrimento para nós dois.

Então, em um domingo, o Urso Branco veio e disse que eles agora poderiam partir para encontrar seus pais, e eles viajaram até lá, ela montada em suas costas, e seguiram por um longo caminho, e levaram muito, muito tempo. Mas finalmente chegaram a uma grande e branca casa de fazenda, e seus irmãos e irmãs estavam correndo do lado de fora, brincando, e aquilo era tão bonito que era um prazer observar.

— Seus pais vivem aí agora — disse o Urso Branco —, mas não se esqueça do que eu lhe disse, ou trará muita mágoa para nós dois.

— Não, certamente — disse ela — jamais esquecerei.

E, assim que ela entrou, o Urso Branco se virou e retornou.

A alegria era tanta quando ela correu até os pais que parecia que nunca ia acabar. Todos achavam que ele nunca poderia agradecer-lhe o bastante por tudo o que ela tinha feito por eles. Agora eles tinham tudo o que queriam, e tudo estava tão bem quanto possível. Todos perguntaram como ela vivia no lugar onde estava. Tudo estava bem com ela também, disse ela, e tinha tudo o que poderia querer. Quais outras respostas ela deu não posso dizer, mas tenho certeza de que eles não descobriram muita coisa. Mas à tarde, após a refeição do meio-dia, tudo aconteceu exatamente como o Urso Branco previra. A mãe quis conversar com ela sozinha em seu quarto. Mas ela se lembrou do que o Urso Branco lhe disse e não quis ir de jeito nenhum.

— O que temos para dizer pode ser dito a qualquer hora — disse.

Mas de alguma forma a mãe a convenceu e ela foi obrigada a contar tudo. E contou que toda noite um homem vinha e se deitava ao seu lado quando as luzes estavam todas apagadas, e que ela nunca o via, porque ele sempre saía antes da luz da manhã, e que ela estava sempre triste, pensando no quanto ficaria feliz se pudesse ao menos vê-lo, e que ficava o dia todo sozinha, e aquilo era tão entediante e solitário.

— Ah! — exclamou a mãe, horrorizada. — Você muito provavelmente está dormindo com um *troll*! Mas vou ensinar-lhe uma maneira de vê-lo. Você precisará de um pedaço de uma de minhas velas, que pode levar escondido no peito. Olhe para ele com a vela quando ele estiver dormindo, mas cuidado para não deixar cair nenhuma gota nele.

Então, ela pegou a vela e a escondeu no peito, e quando a noite se aproximou, o Urso Branco veio buscá-la. Quando já haviam percorrido uma boa distância, o Urso Branco perguntou-lhe se tudo não tinha acontecido como ele previra e ela só podia admitir que sim.

— Então, se você fez o que sua mãe quis — disse ele —, trouxe grande sofrimento para nós dois.

— Não — respondeu ela. — Eu não fiz nada.

Quando ela chegou em casa e foi para a cama, tudo aconteceu exatamente como antes e um homem veio se deitar ao seu lado. Na madrugada, ao ouvir que ele dormia, ela se levantou e acendeu uma luz, acendeu sua vela, e deixou que a vela o iluminasse, e o viu, e ele era o príncipe mais belo que já existiu. Ela o amou tanto que lhe parecia que morreria, caso não o beijasse naquele instante. E ela o beijou. Mas ao fazê-lo, deixou que três gotas quentes caíssem em sua camisa e ele acordou.

— O que você fez? — perguntou ele. — Trouxe sofrimento para nós dois. Se tivesse resistido por apenas um ano, eu estaria livre. Tenho uma madrasta que me enfeitiçou para que eu assumisse a forma de um urso durante o dia e de homem durante a noite. Mas agora está tudo acabado entre nós: devo deixar você e ir até ela. Ela vive em um castelo que fica a leste do Sol e a oeste da Lua, e lá também vive uma princesa com um nariz de mais de três metros de comprimento, e agora devo me casar com ela.

Ela chorou e se lamentou, tudo em vão, pois ele era obrigado a ir. Então ela perguntou se não podia ir com ele. Mas não, não podia.

— Pode me ensinar o caminho então, e eu vou procurá-lo... isso certamente é permitido.

— Sim, isso é permitido — disse ele —, mas não há como ir até lá. Fica a leste do Sol e a oeste da Lua, e você jamais encontraria o caminho.

Quando ela acordou de manhã, tanto o Príncipe quanto o castelo haviam sumido, e ela estava deitada em um pequeno gramado verde no meio de uma floresta escura e densa. Ao seu lado, estava a mesma trouxa de trapos que ela tinha trazido da própria casa. Após esfregar o sono dos olhos, e chorar até ficar exaurida, ela iniciou sua jornada, e caminhou durante vários e longos dias, até finalmente chegar a uma grande montanha. Do lado de fora, estava sentada uma mulher idosa, brincando com uma maçã dourada. A garota perguntou se ela sabia o caminho até o Príncipe que vivia com a madrasta no castelo que ficava a leste do Sol e a oeste da Lua e que se casaria com uma princesa que tinha um nariz de mais de três metros de comprimento.

— Como você o conhece? — perguntou a senhora. — Talvez seja aquela que deveria ficar com ele.

— Sim, de fato, sou — respondeu ela.

— Então é você? — disse a senhora. — Não sei nada sobre ele, apenas que vive em um castelo que fica a leste do Sol e a oeste da Lua. Você vai demorar muito tempo para chegar até lá, se é que vai chegar. Mas pode levar meu cavalo emprestado e cavalgá-lo até uma velha que é minha vizinha: talvez ela possa dizer algo sobre ele. Ao chegar lá, você deve golpear o cavalo abaixo da orelha esquerda e mandá-lo voltar para casa, mas pode levar a maçã dourada.

E a garota montou no cavalo e cavalgou até muito, muito longe, e finalmente chegou a uma montanha, onde uma mulher idosa estava sentada com um pente dourado. A garota perguntou se ela sabia o caminho até o castelo que ficava a leste do Sol e a oeste da Lua, mas a mulher disse o que a primeira velha tinha dito:

— Não sei nada, apenas que fica a leste do Sol e a oeste da Lua, e que você vai demorar muito para chegar até lá, se é que vai chegar. No entanto, pode levar meu cavalo emprestado até uma velha que vive próximo daqui: talvez ela saiba onde fica o castelo. Ao chegar lá, pode apenas golpear o cavalo embaixo da orelha esquerda e mandá-lo voltar para casa.

E deu-lhe o pente dourado, pois talvez fosse útil para ela, disse.

E a garota montou no cavalo e cavalgou por uma distância longa e cansativa mais uma vez, e depois de muito tempo chegou até uma grande montanha, onde estava sentada uma velha, girando uma roda de fiar dourada. A esta mulher, também, ela perguntou se sabia o caminho até o Príncipe, e onde ficava o castelo que ficava a leste do Sol e a oeste da Lua. Mas a resposta foi a mesma mais uma vez.

— Talvez você seja aquela que devia ter ficado com o Príncipe — disse a velha.

— Sim, de fato, devia ser eu — respondeu a garota.

Mas esta velha não sabia o caminho mais que as outras — ficava a leste do Sol e a oeste da Lua, disso ela sabia.

— E você vai demorar muito tempo para chegar lá, se é que vai chegar — disse ela. — Mas pode levar meu cavalo emprestado, e acho que é melhor cavalgar até o Vento Leste, e perguntar a ele. Talvez ele saiba onde fica o castelo e a leve até lá. Ao chegar, você deve golpear o cabelo embaixo da orelha esquerda, e ele voltará para casa. — E deu-lhe a roda de fiar dourada, dizendo: — Talvez ela lhe seja útil.

A garota teve de cavalgar por muitos dias, e durante muito tempo, até chegar lá, mas finalmente chegou e perguntou ao Vento Leste se ele saberia dizer o caminho até o Príncipe que morava a leste do Sol e a oeste da Lua.

— Bem — disse o Vento Leste —, já ouvi falar do Príncipe e de seu castelo, mas não sei como ir até lá, pois nunca soprei tão longe. Se quiser, no entanto, posso ir com você até meu irmão, o Vento Oeste: talvez ele saiba, pois é muito mais forte do que eu. Você pode montar em minhas costas e eu posso levá-la até lá.

E ela montou em suas costas, e eles foram com rapidez! Ao chegarem lá, o Vento Leste entrou e disse que a garota que trazia consigo era aquela que devia ficar com o Príncipe do castelo que ficava a leste do Sol e a oeste da Lua, e que agora ela estava viajando para reencontrá-lo. Ele tinha ido até lá com ela e gostaria de saber se o Vento Oeste sabia onde ficava o castelo.

— Não — disse o Vento Oeste. — Tão distante jamais soprei. Se quiser, no entanto, posso ir com você até o Vento Sul, pois ele é muito mais forte que nós dois, e vagou por toda parte, e talvez ele saiba dizer o que você quer saber. Pode montar em minhas costas, e eu a levo até ele.

E ela fez isso, e viajou até o Vento Sul, o que também não demorou muito. Ao chegarem lá, o Vento Oeste perguntou ao Vento Sul se ele sabia o caminho até o castelo que ficava a leste do Sol e a oeste da Lua, pois ela era a garota que devia se casar com o Príncipe que morava lá.

— Ah, é lógico! — disse o Vento Sul. — É ela? Bem — disse ele —, vaguei muito na minha época, por todos os lugares, mas nunca soprei tão longe assim. Se quiser, no entanto, posso ir com você até meu irmão, o Vento Norte. Ele é o mais velho e o mais forte de todos nós, e, se ele não souber onde fica, ninguém no mundo vai ser capaz de dizer. Você pode montar em minhas costas e eu vou levá-la até lá.

E ela montou em suas costas, e ele saiu em disparada, não demorando muito a chegar. Quando eles se aproximaram da morada do Vento Norte, ele estava tão descontrolado e frenético que sentiram rajadas de frio muito antes de chegarem lá.

— O que querem? — rugiu de longe, e eles congelaram ao ouvir.

Disse o Vento Sul:

— Sou eu, e esta é aquela que devia ficar com o Príncipe que vive no castelo que fica a leste do Sol e a oeste da Lua. E agora ela gostaria de perguntar se você já esteve lá, e pode dizer o caminho, pois ela ficaria feliz em reencontrá-lo.

— Sim — respondeu o Vento Norte. — Eu sei onde fica. Certa vez soprei uma folha de álamo até lá, mas fiquei tão cansado que depois passei dias sem conseguir soprar nada. No entanto, se você quiser muito ir até lá, e não tiver medo de ir comigo, eu a levo em minhas costas e tento soprá-la até lá.

— Eu preciso ir até lá — disse ela —, e se houver maneira de ir, eu irei. Não tenho medo, por mais rápido que você vá.

— Muito bem então — disse o Vento Norte —, mas você terá de dormir aqui esta noite, pois se vamos até lá, precisamos ter o dia todo à nossa frente.

O Vento Norte a acordou cedinho na manhã seguinte, e se inflou tanto e com tanta força que era assustador vê-lo, e eles foram, alto no ar, como se não fossem parar enquanto não chegassem até o fim do mundo. Lá embaixo, ocorria uma tempestade e tanto! Derrubava florestas e casas, e quando eles sobrevoaram o mar os navios naufragaram às centenas. E eles foram avançando, e passou muito tempo, e mais tempo ainda, e eles ainda estavam sobrevoando o mar, e o Vento Norte ficou cansado, e mais cansado, e finalmente tão esgotado que mal conseguia soprar, e foi afundando, e afundando, até finalmente descer tanto que as ondas batiam no calcanhar da pobre garota que ele carregava.

— Estás com medo? — disse o Vento Norte.

— Não tenho medo de nada — disse ela. E era verdade.

Mas eles não estavam muito, muito longe da terra firme, e o Vento Norte teve força apenas para lançá-la até a costa, logo abaixo das janelas de um castelo que ficava a leste do Sol e a oeste da Lua; ele estava tão cansado e esgotado que foi obrigado a descansar durante muitos dias antes que pudesse voltar para casa.

Na manhã seguinte, ela se sentou sob os muros do castelo para brincar com a maçã dourada, e a primeira pessoa que viu foi a donzela de nariz comprido, que se casaria com o Príncipe.

— Quanto você quer por essa maçã dourada, garota? — disse ela, abrindo a janela.

— Não há ouro ou dinheiro que possa comprá-la — respondeu a garota.

— Se não há ouro ou dinheiro que possa comprá-la, o que pode? Pode dizer o que quer, por favor — disse a Princesa.

— Bem, se eu puder ir até o Príncipe que está aqui, e passar esta noite com ele, você pode ficar com ela — disse a garota que tinha vindo com o Vento Norte.

— Você pode fazer isso — disse a Princesa, pois já sabia o que ia fazer.

Então, a Princesa ficou com a maçã dourada, mas, quando a garota subiu até os aposentos do Príncipe naquela noite, ele estava dormindo, pois a Princesa tinha assim planejado. A pobre garota chamou-o, e sacudiu-o, e em alguns momentos chorou, mas não conseguiu acordá-lo. Assim que amanheceu, a Princesa entrou com seu nariz comprido e a levou para fora. Durante o dia, mais uma vez ela se sentou embaixo das janelas do castelo e começou a se pentear com o pente dourado; e tudo aconteceu como já tinha acontecido antes. A Princesa perguntou o que ela queria pelo pente, e ela respondeu que não estava à venda por ouro ou por dinheiro, mas que se ela tivesse permissão de ir até o Príncipe e passar a noite com ele, a Princesa poderia ficar com o pente. Mas quando ela subiu aos aposentos do Príncipe, mais uma vez ele estava dormindo e, por mais que ela o chamasse, ou sacudisse, ou chorasse, ele seguia dormindo, e ela não conseguiu incutir nenhuma vida nele. Quando a luz do dia entrou pela manhã, a Princesa de nariz comprido entrou também e mais uma vez tirou-a dali.

Quando o dia estava claro, a garota se sentou embaixo das janelas do castelo, para girar sua roda de fiar dourada, e a Princesa do nariz comprido quis ficar com ela também. Então, ela abriu a janela e perguntou o que a garota queria por ela. A garota repetiu o que havia dito em cada uma das ocasiões anteriores — que não estava à venda nem por ouro nem por dinheiro, mas se tivesse permissão de ir até o Príncipe que vivia ali e passar a noite com ele, a Princesa poderia ficar com ela.

— Sim — respondeu a Princesa. — Aceito de bom grado.

Mas naquele lugar estava um povo cristão que fora sequestrado, e eles estavam sentados no cômodo que ficava ao lado dos aposentos do Príncipe, e ouviram a mulher que esteve lá e chorou e o chamou durante duas noites seguidas, e contaram isso ao Príncipe. Então, naquela noite, quando a Princesa voltou com sua bebida para dormir, ele fingiu beber, mas jogou a bebida fora, pois suspeitava que era uma bebida para dormir. E quando a garota entrou nos aposentos do Príncipe, desta vez ele estava acordado, e ela teve de contar-lhe como tinha chegado ali.

— Você chegou na hora certa — disse o Príncipe —, pois eu teria de me casar amanhã, mas não quero ficar com a Princesa do nariz comprido, e só você pode me salvar. Direi que quero ver o que minha noiva sabe fazer e pedirei a ela que lave a camiseta com as três gotas de vela. Ela aceitará, pois não sabe que foi você quem deixou as gotas caírem, mas apenas alguém nascido do povo cristão é capaz de tirá-las: isso não pode ser feito por um *troll*. Então direi que apenas a mulher capaz de fazer isso será minha noiva, e sei que você é capaz.

Houve grande alegria e felicidade entre eles naquela noite, e no dia seguinte, quando o casamento estava para acontecer, o Príncipe disse:

— Preciso ver o que minha noiva consegue fazer.

— Siga em frente — disse a madrasta.

— Tenho uma camisa boa que quero usar no casamento, mas há três pingos de vela nela, e eu gostaria que fosse lavada, e jurei me casar apenas com a mulher que fosse capaz de fazê-lo. Se ela não for capaz de fazer isso, não é digna do casamento.

Bem, era uma questão pequena, eles pensaram, e decidiram fazer como acordado. A Princesa do nariz comprido começou a lavar o melhor que podia, mas, quanto mais ela lavava e esfregava, maiores as manchas ficavam.

— Ah! Você não consegue lavar isso de jeito algum — disse a velha *troll*, que era sua mãe. — Dê isso aqui.

Mas após pouco tempo em suas mãos, a camisa parecia ainda pior e, quanto mais ela lavava e esfregava, maiores e mais escuras as manchas ficavam.

E os outros *trolls* tiveram de vir lavá-la, mas, quanto mais esfregavam, mais escura e feia ficava a camisa, até ficar tão preta quanto se tivesse sido enfiada na chaminé.

— Ah! — exclamou o príncipe. — Nenhum de vocês é bom para nada! Há uma pedinte sentada à janela, e tenho certeza de que ela lava melhor que qualquer um de vocês! Venha aqui, garota! — ele gritou. E ela foi. — Pode lavar essa camisa?

— Ah! Não sei — respondeu ela. — Mas posso tentar.

E assim que ela pegou a camisa e mergulhou-a na água, a peça ficou branca como a neve, e ainda mais branca.

— Vou me casar com você — disse o Príncipe.

E a velha *troll* ficou com tanta raiva que explodiu, e a Princesa do nariz comprido e todos os outros *trolls* devem ter explodido também, pois nunca mais se ouviu falar deles. O príncipe e sua noiva libertaram todos os cristãos que estavam presos ali, e levaram com eles todo o ouro e toda a prata que podiam carregar, e se mudaram para longe do castelo que ficava a leste do Sol e a oeste da Lua.

Canção noturna do viandante

GOETHE

Em todos os cumes
Reina a paz,
Em todas as copas
Não se ouve
Uma só brisa;
Os pássaros calam na floresta:
Calma, em breve
Repousarás também tu.

O gigante egoísta

OSCAR WILDE

Toda tarde, ao voltar da escola, as crianças iam brincar no jardim do Gigante.

Era um jardim grande e agradável, com um gramado verde macio. Aqui e ali, sobre a grama, belas flores se abriam como estrelas, e havia também 12 pessegueiros que na Primavera irrompiam em floradas delicadas cor de rosa e pérola e no Outono davam frutos suntuosos. Os pássaros pousavam nas árvores e cantavam com tanta doçura que as crianças paravam a brincadeira para ouvi-los.

— Como somos felizes aqui! — exclamavam umas às outras.

Um dia, o Gigante voltou. Tinha ido visitar seu amigo, o ogro da Cornualha, e ficado com ele durante sete anos. Quando os sete anos chegaram ao fim, ele já tinha dito tudo o que tinha para dizer, pois era de conversa limitada, e decidiu retornar ao próprio castelo. Ao chegar, viu as crianças brincando no jardim.

— O que estão fazendo aqui? — gritou com uma voz muito rouca, e as crianças saíram correndo. — Meu jardim é meu jardim — disse o Gigante. — Qualquer um é capaz de entender isso e não permito que ninguém além de mim brinque nele.

Então ele construiu um muro alto ao redor do jardim e colocou uma placa.

ENTRADA
PROIBIDA

Ele era um Gigante muito egoísta.

As pobres crianças não tinham mais onde brincar. Tentaram brincar na rua, mas a rua era empoeirada e cheia de pedras duras, e não gostaram. Perambulavam ao redor do muro alto depois da aula e conversavam sobre o belo jardim lá de dentro.

— Como éramos felizes lá — diziam umas às outras.

Então chegou a Primavera, e por toda a terra havia florezinhas e passarinhos. Somente no jardim do Gigante Egoísta ainda era Inverno. Os pássaros não cantavam lá, pois não havia crianças e as árvores se esqueceram de florescer. Certa vez, uma bela flor colocou a cabeça para fora da grama, mas, ao ver a placa, ficou com tanta pena das crianças que voltou a afundar na terra e dormiu. As únicas que estavam felizes eram a Neve e a Geada.

— A Primavera se esqueceu deste jardim — exclamaram —, então vamos ficar aqui o ano inteiro.

A Neve cobriu a grama com seu grande manto branco, e a Geada pintou todas as árvores em um tom prateado. Então, elas convidaram o Vento Norte para ficar com elas, e ele veio. Vivia coberto de peles, rugia o dia todo pelo jardim e derrubava todos os vasos.

— É um lugar encantador — disse —, precisamos convidar o Granizo para uma visita.

E o Granizo veio. Todos os dias ele passava três horas retinindo no telhado do castelo até quebrar grande parte das telhas e depois corria pelo jardim à toda velocidade. Estava vestido de cinza e sua respiração era como gelo.

— Não entendo por que a Primavera está tão atrasada — disse o Gigante Egoísta, sentado à janela observando o jardim branco e frio. — Espero que o tempo mude.

Mas a Primavera nunca veio, nem o Verão. O Outono trouxe frutos dourados para todos os jardins, menos para o do Gigante.

— Ele é muito egoísta — disse.

Então era sempre Inverno ali, e o Vento Norte, o Granizo, a Geada e a Neve dançavam em meio às árvores.

Certa manhã, o Gigante estava deitado na cama, acordado, quando ouviu uma música encantadora. Soava tão doce a seus ouvidos que ele achou que os músicos do rei estivessem passando por ali. Na verdade, era apenas um pintarroxo-comum cantando em sua janela, mas fazia tanto tempo que ele não ouvia um pássaro cantar em seu jardim que aquela lhe pareceu a música mais bela do mundo. Então, o Granizo parou de dançar sobre sua cabeça, o Vento Norte parou de rugir, e um perfume delicioso veio até ele pelo caixilho aberto.

— Acho que a Primavera finalmente chegou — disse o Gigante, e pulou da cama e olhou lá para fora.

O que ele viu?

Uma cena maravilhosa. As crianças tinham entrado rastejando por um pequeno buraco no muro e estavam sentadas nos galhos das árvores. Em cada árvore que ele via, havia uma criancinha. E as árvores estavam tão felizes com as crianças de volta que se cobriram de flores e balançavam os braços suavemente acima da cabeça das crianças. Os pássaros voavam e gorjeavam de alegria, e as flores erguiam-se pela grama verde e riam. Era uma visão encantadora, apenas em um canto ainda era inverno. Era o canto mais afastado do jardim e ali estava um garotinho.

Ele era tão pequeno que não conseguia alcançar os galhos da árvore, e perambulava em volta dela, chorando amargamente. A coitada da árvore ainda estava coberta de geada e neve, e o Vento Norte soprava e rugia sobre ela.

— Suba, garotinho! — disse a Árvore, e inclinou os galhos o mais baixo que pôde; mas o garotinho era pequeno demais.

E o coração do Gigante derreteu enquanto ele olhava para fora.

— Como tenho sido egoísta! — disse. — Agora sei por que a Primavera não chegava até aqui. Vou colocar o pobre garotinho em cima da árvore, e vou derrubar o muro, e meu jardim vai ser o parquinho das crianças para sempre.

Ele estava muito arrependido.

Então desceu a escada, abriu a porta devagar e saiu para o jardim. Ao vê-lo, no entanto, as crianças ficaram tão assustadas que todas saíram correndo, e o inverno voltou ao jardim. Apenas o garotinho não correu, pois seus olhos estavam tão cheios de lágrimas que ele não viu o Gigante chegando. E o Gigante se aproximou atrás dele, o levantou com gentileza e o colocou em cima da árvore. E a árvore logo desabrochou, e os pássaros vieram cantar nela. O garotinho estendeu os braços, envolveu o pescoço do Gigante e deu-lhe um beijo. E as outras crianças, ao ver que o Gigante não era mais malvado, voltaram correndo, e com elas veio a Primavera.

— O jardim é de vocês agora, criancinhas — disse o Gigante, que pegou um machado e derrubou o muro.

E as pessoas a caminho da feira ao meio-dia viram o Gigante brincando com as crianças no jardim mais lindo.

Eles brincaram o dia todo, e à noite as crianças foram até o Gigante para se despedir.

— Mas onde está seu amiguinho? — perguntou ele. — O garotinho que eu coloquei na árvore?

Ele era o preferido do Gigante por ter lhe dado um beijo.

— Não sabemos — responderam as crianças. — Ele foi embora.

— Vocês precisam dizer a ele que venha amanhã — disse o Gigante.

Mas as crianças disseram que não sabiam onde ele morava e que nunca o viram antes. O Gigante ficou muito triste.

Toda tarde, depois da aula, as crianças vinham brincar com o Gigante. Mas o garotinho que o Gigante mais amava nunca mais foi visto. O Gigante era muito gentil com todas as crianças, mas sentia saudade do seu primeiro amiguinho e sempre falava dele.

— Como eu gostaria de vê-lo! — dizia.

Os anos se passaram, e o Gigante ficou muito velhinho e fraco. Não podia mais brincar, então ficava sentado em uma poltrona enorme observando as crianças e suas brincadeiras e admirando seu jardim.

— Tenho muitas flores lindas — dizia —, mas as crianças são as mais lindas de todas.

Certa manhã de inverno, ele olhou pela janela enquanto se vestia. Não odiava o Inverno agora, pois sabia que a Primavera estava apenas dormindo, e as flores descansando.

De repente, ele esfregou os olhos, surpreso, e olhou e olhou. Aquela certamente era uma visão maravilhosa. No canto mais afastado do jardim, havia uma árvore coberta com lindas flores brancas. Seus galhos eram todos dourados, e frutos prateados pendiam deles, e embaixo dela estava o garotinho que ele havia amado.

O Gigante desceu a escada correndo com muita alegria e saiu para o jardim. Ele correu pela grama, indo em direção à criança. Ao se aproximar seu rosto ficou vermelho de raiva e ele disse:

— Quem ousou machucá-lo?

Pois nas palmas das mãos da criança havia marcas de dois pregos e marcas de dois pregos em seus pezinhos.

— Quem o machucou? — gritou o Gigante. — Diga, para que eu possa pegar minha espada e matá-lo.

— Não! — respondeu a criança. — Pois estas são as marcas do Amor.

— Quem és tu? — perguntou o Gigante, uma estranha admiração caiu sobre ele, e ele se ajoelhou diante da criança.

E a criança sorriu para o Gigante e disse:

— Certa vez, deixaste que eu brincasse em seu jardim, e hoje vais comigo até o meu jardim, o Paraíso.

Ao entrar correndo naquela tarde, as crianças encontraram o Gigante morto embaixo da árvore, todo coberto de flores brancas.

Um par de meias de seda

KATE CHOPIN

Certo dia, a pequena Sra. Sommers descobriu ser a inesperada dona de quinze dólares. Parecia-lhe muito dinheiro, e o modo como enchia e avolumava seu velho *porte-monnaie* surrado conferia-lhe uma sensação de importância que ela não experimentava havia anos.

A questão do investimento era algo que a ocupava muito. Durante um ou dois dias, ela pareceu viver em estado de sonho, mas na realidade estava absorta em especulações e cálculos. Não queria agir precipitadamente, fazer alguma coisa de que depois poderia se arrepender. E foi durante as horas calmas da noite, quando ficava deitada acordada revirando planos na cabeça, que pareceu enxergar nitidamente o caminho em direção ao uso adequado e criterioso do dinheiro.

Um ou dois dólares ela acresceria ao preço que pagava pelos sapatos de Janie, o que garantiria uma durabilidade muito maior que de costume. Compraria tantos metros de percal para camisas novas para os garotos e Janie e Mag. Antes pretendia dar um jeito nas velhas com remendos habilidosos. Mag precisava de outro vestido. Vira belos modelos, verdadeiras pechinchas na vitrine da loja. E ainda restaria o suficiente para novas meias — dois pares cada —, e quanto cerzido isso evitaria por um tempo! Compraria bonés para os garotos e chapéus para as garotas. A visão de sua pequena ninhada com vestes novas e delicadas pela primeira vez na vida a deixava animada, inquieta e desperta de tanta ansiedade.

Os vizinhos às vezes falavam de "dias melhores" que a pequena Sra. Sommers conhecera antes de sequer pensar em se tornar a Sra. Sommers. Ela mesma não se permitia essa retrospecção mórbida. Não tinha tempo — nem um só segundo — para dedicar ao passado. As necessidades do presente absorviam todas as suas faculdades. Uma visão do futuro como um monstro sombrio e árido às vezes a assustava, mas felizmente o amanhã nunca chega.

A Sra. Sommers reconhecia o valor das pechinchas: era capaz de passar horas abrindo caminho, centímetro a centímetro, em direção ao objeto desejado vendido abaixo do custo. Abria caminho com os cotovelos se necessário fosse; aprendera a agarrar a mercadoria e segurá-la com persistência e determinação até chegar a sua vez de ser atendida, não importando por quanto tempo.

Mas naquele dia estava um pouco fraca e cansada. Engolira um almoço leve — não! Pensando bem, entre alimentar as crianças e arrumar a casa e se preparar para as compras, acabou se esquecendo de almoçar!

Sentou-se em um banquinho giratório em frente a um balcão que estava relativamente deserto, tentando reunir força e coragem para atravessar uma multidão ansiosa que cercava tecidos para camisas e fazendas. Uma sensação de fraqueza tomou conta e ela descansou a mão no balcão. Não usava luvas. Aos poucos foi percebendo que sua mão encontrara algo muito suave, agradável ao toque. Olhou para baixo e viu que a mão descansava sobre uma pilha de meias de seda. Um cartaz próximo anunciava que o preço estava reduzido de dois dólares e cinquenta centavos para um dólar e noventa e nove centavos; e uma jovem que estava atrás do balcão perguntou se ela gostaria de ver a linha de meias de seda. Ela sorriu, como se tivessem perguntado se gostaria de ver uma tiara de diamantes na intenção de comprá-la, mas se permitiu tocar as coisas suaves e luxuosas — com as duas mãos agora, levantando-as no ar para vê-las brilhar, e para senti-las deslizando como serpentes entre seus dedos.

Duas manchas de agitação surgiram de repente em suas bochechas pálidas. Ela olhou para a garota.

— Você teria uma dessas tamanho 39?

Havia várias tamanho 39. Na verdade, mais que qualquer outro tamanho. Um par azul-claro; alguns lavanda, alguns todos pretos e vários tons de bege e cinza. A Sra. Sommers escolheu um par e observou-os com atenção por um bom tempo. Fingia examinar a textura, que a atendente garantiu ser excelente.

— Um dólar e noventa e nove centavos — pensou em voz alta. — Bem, vou levar este par.

Deu à garota uma nota de cinco dólares e esperou pelo troco e pelo pacote. Que pacote pequeno. Parecia perdido nas profundezas de sua velha sacola de compras surrada.

Depois disso, a Sra. Sommers não foi em direção ao balcão de promoções. Pegou o elevador, que a levou até um andar mais alto na região da sala de espera feminina. Ali, em um canto afastado, ela trocou as meias de algodão pelas novas meias de seda que acabara de comprar. Não estava passando por nenhum processo mental aguçado ou de raciocínio consigo mesma, nem tentava explicar satisfatoriamente o motivo dessa ação. Não estava pensando em nada. Parecia estar descansando da função laboriosa e fatigante e parecia ter abandonado a si mesma a um impulso mecânico que direcionava suas ações e a livrava da responsabilidade.

Como era bom o toque da seda pura em sua pele! Ela teve vontade de se deitar na cadeira almofadada e deleitar-se por um momento naquele luxo. Fez isso por um instante. Então voltou a calçar os sapatos, enrolou as meias de algodão e jogou-as na sacola. Depois de fazer isso, foi direto até o departamento de sapatos e se sentou para experimentar alguns.

Era meticulosa. O atendente não conseguia entendê-la; não conseguia harmonizar seus sapatos com suas meias, e ela não era fácil de agradar. Ela segurou a saia e virou os pés para um lado e a cabeça para o outro ao olhar para as botas polidas e pontiagudas. O pé e o tornozelo pareciam muito bonitos. Não conseguia entender que pertenciam a ela e eram parte dela. Queria um encaixe excelente e elegante, disse ao rapaz que a atendia, e não se importava com um ou dois dólares a mais no preço desde que conseguisse aquilo que desejava.

Fazia muito tempo que a Sra. Sommers não experimentava luvas. Nas raras ocasiões em que comprava um par era sempre na "promoção", tão baratas que seria absurdo e irracional esperar que alguém as calçasse nela para que experimentasse.

Agora descansava o cotovelo sobre a almofada do balcão de luvas, e uma criatura bela, agradável, jovem, delicada e de toque hábil calçava uma "pelica" longa na mão da Sra. Sommers. Alisou-a sobre o punho e abotoou-a com cuidado, e ambas ficaram perdidas por um ou dois segundos contemplando admiradas a mãozinha simétrica enluvada. Mas havia outros lugares em que o dinheiro poderia ser gasto.

Havia livros e revistas empilhados na vitrine de uma banca descendo a rua alguns passos. A Sra. Sommers comprou duas revistas caras como as que lia no tempo em que era acostumada a outras coisas agradáveis. Levou-as sem pacote. O melhor que pôde, levantou a saia ao atravessar a rua. As meias e as botas e as luvas bem ajustadas operavam maravilhas em sua postura — davam-lhe uma sensação de segurança, de pertencimento à multidão bem-vestida.

Estava com muita fome. Em outra ocasião, teria sufocado o desejo pela comida até chegar em casa, onde prepararia uma xícara de chá e faria um lanche com o que estivesse disponível. Mas o impulso que a guiava não permitiu que ela alimentasse tal pensamento.

Havia um restaurante na esquina. Ela nunca tinha entrado ali; do lado de fora, às vezes, vislumbrava damascos impecáveis e cristais reluzentes, e garçons de passo leve servindo pessoas elegantes.

Ao entrar, sua aparência não causou nenhuma surpresa, nenhuma consternação, como ela temia que acontecesse. Sentou-se sozinha a uma mesa pequena, e um garçom atencioso logo veio anotar seu pedido. Não queria abundância; desejava um bocado delicado e saboroso — uma dúzia de ostras, uma costeleta rechonchuda com agrião, algo doce, crème-frappée, por exemplo; uma taça de vinho do Reno e depois uma xícara de café preto.

Enquanto esperava ser servida, tirou as luvas bem devagar e colocou-as de lado. Então pegou e folheou uma revista, cortando as páginas com o lado cego da faca. Tudo era muito agradável. O damasco era ainda mais impecável do que parecia pela janela, e o cristal, mais reluzente. Havia damas e cavalheiros silenciosos, que não perceberam sua presença, almoçando em mesas pequenas como a dela.

Uma música suave a agradável soava, e uma brisa leve entrava pela janela. Ela experimentou uma garfada, leu uma ou duas palavras, bebericou o vinho âmbar e meneou os dedos nas meias de seda. O preço não fazia diferença. Contou o dinheiro para o garçom e deixou uma moeda a mais na bandeja, ao que ele se curvou como se estivesse diante de uma princesa de sangue real.

Ainda havia dinheiro em sua bolsa e a próxima tentação se apresentou na forma de um pôster de matinê.

Ela entrou no teatro um pouco tarde, a peça já tinha começado e a casa parecia estar cheia. Mas havia assentos vazios aqui e ali, e ela foi levada até um deles, entre mulheres elegantemente vestidas que tinham ido até lá para matar o tempo, comer doces e exibir seus trajes vistosos. Havia muitas outras que estavam lá apenas pela peça e pelas atuações. Era seguro dizer que não havia ninguém que exibisse a atitude da Sra. Sommers em relação ao ambiente. Ela reuniu o todo — palco, atores e pessoas em uma impressão ampla e absorveu e desfrutou. Riu da comédia e chorou — ela e a mulher espalhafatosa ao seu lado choraram — pela tragédia. E a mulher espalhafatosa enxugou os olhos, fungou em um quadradinho de renda fina e perfumada e passou a caixa de doces para a pequena Sra. Sommers.

A peça acabou, a música parou, a multidão se retirou. Era como se um sonho chegasse ao fim. As pessoas se espalharam em todas as direções. A Sra. Sommers foi até a esquina e esperou pelo bonde.

Um homem com olhos penetrantes, sentado à sua frente, pareceu gostar de estudar seu rosto pequeno e pálido. Ficou intrigado e quis decifrar o que via ali. Na verdade, não via nada — a não ser que fosse mago o bastante para detectar um desejo pungente, um anseio poderoso de que o bonde nunca parasse, mas seguisse com ela para sempre.

A tia e Amabel

E. NESBIT

Não é agradável ser um peixe fora da água. Ser um gato na água não é algo que alguém desejaria. Ficar irritado é desconfortável. E ninguém pode saborear as alegrias da vida em um terno como o de *O pequeno lorde*. Mas de longe a coisa mais desconfortável é cair em desgraça, de que riem as pessoas que não estão nela.

Todos já estivemos lá. É um lugar onde o coração se afunda e dói, onde rostos familiares se turvam e se transformam, onde qualquer comentário hesitante que se possa fazer é recebido com um silêncio mortal ou com a garantia de que ninguém quer conversar com uma criança tão malcriada. Se estiver apenas em desgraça, não em confinamento solitário, você perambula por uma casa que é como aquela em que viveu momentos tão alegres, e ao mesmo tempo tão diferente dela, como um pesadelo em uma manhã de junho. Você quer falar com as pessoas e fica com medo de falar. Você se pergunta se existe algo que possa fazer para mudar as coisas. Você pediu desculpas, e isso não mudou nada. Se questiona se ficará para sempre nesse lugar desolado, apartado de toda esperança e amor e diversão e felicidade. E embora já tenha acontecido antes, e sempre tenda a acabar, você nunca tem certeza de que desta vez não vai durar para sempre.

— *Vai* durar para sempre — disse Amabel, que tinha 8 anos. — O que posso fazer? Ah, o que é que posso fazer?

O que ela *tinha* feito devia ser o tema de suas meditações. E pareceu-lhe o tempo todo, e de fato ainda parecia, um ato nobre de autossacrifício. Estava com uma tia — sarampo, ou um novo bebê, ou pintores na casa, não lembro qual era a causa de sua expulsão. E a tia, que na verdade era tia-avó e bem velha para ter qualquer noção, andara reclamando do jardineiro-chefe para uma senhora que usava óculos azuis e uma boina com contas e violetas.

— Ele mal me deixa trazer uma planta para a mesa — disse a tia —, e aquela região em frente à janela da sala do café da manhã é só terra, e eu disse expressamente que queria que plantassem crisântemos lá. Ele só pensa na estufa.

A senhora de violetas-e-contas-e-óculos-azuis bufou, e disse não saber para onde estávamos indo e que só queria meia xícara, por favor, sem tanto leite, muito obrigada.

O que você teria feito? Provavelmente teria cuidado da própria vida e não se metido em encrenca. Amabel, não. Muito ansiosa para fazer alguma coisa que fizesse a tia-avó perceber a garotinha atenciosa e altruísta que era (a opinião da tia então era o contrário), ela acordou bem cedo e pegou a tesoura que ficava na gaveta da mesa de trabalho e foi na ponta dos pés, "como um ato de misericórdia", disse a si mesma, até a estufa onde cortou cada uma das flores que encontrou. MacFarlane estava tomando o café da manhã. Então, com as pontas da tesoura, fez buraquinhos no canteiro onde deveriam estar os crisântemos e enfiou as flores ali — crisântemos, gerânios, prímulas, orquídeas e cravos. Seria uma surpresa adorável para a Titia.

Então a tia desceu para o café da manhã e viu a surpresa adorável. O mundo de Amabel virou de cabeça para baixo e ao contrário de repente e de maneira surpreendente, e ali estava ela, em desgraça, e nem mesmo a criada falava com ela. O tio-avô, por quem ela passava a caminho do quarto, arrumando o chapéu, murmurava:

— Caiu em desgraça, é? Não se preocupe, já passa.

E partiu para a cidade batendo a porta da frente ao sair. Ele tinha boas intenções, mas não compreendia.

Amabel compreendia, ou achava que sim, e sabia em seu triste coraçãozinho que tinha caído em desgraça pela última vez, e que desta vez ficaria no chão.

— Não me importo — dizia, mas não era verdade. — Nunca mais vou tentar ser gentil com alguém.

E isso também não era verdade. Devia passar o dia todo sozinha no quarto de hóspedes, aquele com a cama com quatro colunas e cortinas vermelhas e o guarda-roupa grande com um espelho no qual dava para ver até a ponta dos sapatos.

A primeira coisa que Amabel fez foi se observar no espelho. Ainda fungava e soluçava, e seus olhos estavam inundados em lágrimas, uma delas escorreu pelo nariz enquanto ela olhava — isso foi muito interessante. Mais uma escorreu, e foi a última, porque assim que você se interessa por observar as próprias lágrimas elas param.

Em seguida, olhou pela janela, e viu o canteiro decorado, exatamente como tinha deixado, muito alegre e bonito.

— Bom, está *mesmo* bonito — disse. — E não me importa o que digam.

Então procurou pelo quarto por algo para ler; não havia nada. Os quartos antiquados nunca tinham nada. Apenas na penteadeira grande, ao lado esquerdo do espelho oval, havia um livro com capa de veludo vermelho, e nela, bordadas em letras amarelas sinuosas misturadas a folhas e rabiscos enganosos, as letras *A.B.C.*

— Talvez seja um alfabeto ilustrado — disse Mabel, e ficou bastante satisfeita, embora obviamente fosse muito velha para se interessar por alfabetos. Apenas quando estamos muito tristes e entediados qualquer coisa é melhor que nada. Ela abriu o livro. — Ora, é só o horário dos trens! — disse. — Acho que é para quando as pessoas querem ir embora, e a Titia coloca aqui caso elas decidam isso de repente e sintam que não vão conseguir esperar nem mais um minuto. Eu me sinto assim, mas não é bom, e imagino que os outros se sintam também.

Ela já sabia usar o dicionário, e aquele livro parecia funcionar da mesma forma. Consultava nomes de todos os lugares que conhecia — Brighton, onde certa vez passara um mês; Rugby, onde o irmão estudava; e Casa, que ficava em Amberley — e via o horário dos trens que levavam a esses lugares e desejava poder embarcar neles.

E mais uma vez olhou para o quarto que era a sua prisão, e pensou na Bastilha, e desejou ter um sapo para domar, como o pobre Visconde, ou uma flor para observar crescer, como Picciola, e sentia muita pena de si mesma, raiva da tia e mágoa pela postura dos pais — esperava mais deles —, agora eles a deixaram naquele lugar horrível onde ninguém a amava e ninguém a entendia.

Parecia não haver lugar para sapos ou flores naquele quarto, todo acarpetado, mesmo nos cantos menos visíveis. Tinha tudo o que um quarto de hóspedes devia ter — e tudo era de mogno escuro e reluzente. A penteadeira tinha um conjunto vermelho e dourado — uma bandeja, castiçais, um suporte para anéis, vários potinhos com tampa e duas garrafas com rolha. Quando a rolha era tirada, o cheiro era bem estranho, como um perfume velho, ou um creme também bem velho, e como o cheiro do dentista.

Não sei se o cheiro das garrafas teve alguma coisa a ver com o que aconteceu. Certamente era um aroma extraordinário. Bem diferente de qualquer perfume que sinto atualmente, mas lembro que na infância sentia com alguma frequência. Mas não há mais quartos de hóspedes como antes. Agora eles são alegres, com tecidos estampados e espelhos, há sempre flores e livros, mesinhas onde deixar a xícara de chá, sofás e poltronas. E cheiram a verniz e móveis novos.

Depois de cheirar as duas garrafas e olhar dentro de todos os potes, que estavam bem limpos e vazios, exceto por um botão de pérola e dois alfinetes em um deles, Amabel pegou o *A.B.C.* de novo para procurar por Whitby, onde a madrinha morava. Foi quando ela viu o extraordinário nome *Aondevocêquerir.* Isso era estranho — mas o nome da estação da estação de onde o trem partia era ainda mais extraordinário, pois não era Euston ou Cannon Street ou Marylebone.

O nome da estação era *Grandeguardaroupadoquartodehóspedes.* E embaixo do nome, bastante incomum para uma estação, Amabel leu em letras pequenas:

"Bilhetes únicos estritamente proibidos. Ida e volta. Sem terceira classe. O trem sai do *Grandeguardaroupadoquartodehóspedes* a todo momento.

E embaixo, em letras ainda menores: "*É melhor você ir agora*".

O que você teria feito? Esfregado os olhos e achado que estava sonhando? Bom, se tivesse feito isso, nada mais teria acontecido. Nada acontece quando você age assim. Amabel era mais esperta. Foi direto até o Grande Guarda-Roupa e virou a maçaneta de vidro.

— Devem ser apenas prateleiras e chapéus — falou.

Mas foi por falar. As pessoas costumam dizer coisas que não querem que sejam verdade, assim, se as coisas forem diferentes do que esperam, elas podem dizer "Eu avisei", mas isso é mais desonesto com a própria pessoa, e ser desonesto consigo mesmo é quase pior que ser desonesto com os outros. Amabel jamais teria feito isso se tivesse sido ela mesma. Mas estava fora de si de raiva e tristeza.

É óbvio que não eram chapéus. Era, para seu espanto, uma caverna de cristal, estranhamente no formato de uma estação ferroviária. Parecia iluminada por estrelas, o que, é lógico, é incomum para um guichê, e sobre o relógio da estação havia uma lua cheia. O relógio não tinha números, apenas *Agora* em letras reluzentes ao redor, 12 vezes, e os *Agoras* se tocavam, então o relógio estava sempre certo. Que diferente do relógio que dita as horas da escola!

Um carregador vestindo cetim branco correu para pegar a bagagem de Amabel. Sua bagagem era o *A.B.C.* que ela ainda segurava nas mãos.

— Muito tempo, Senhorita — disse ele, com um sorriso muito amigável. — Estou *mesmo* feliz por você ir. Você *vai* se divertir! Que boa garotinha você é!

Isso foi animador. Amabel sorriu.

No escaninho de onde saem os bilhetes, outra pessoa, também vestindo cetim branco, estava pronta com um bilhete madrepérola redondo, como um contador de cartas.

— Aqui está, Senhorita — disse ele, com um sorriso muito gentil. — Preço zero e refrescos de graça durante todo o percurso. É um prazer — acrescentou ele omitir um bilhete para uma senhorita simpática como você. — O trem também era todo de cristal e as almofadas de cetim branco. Havia pequenos botões como de campainha, e neles estava escrito *Oquevocêquercomer*, *Oquevocêquerbeber* e *Oquevocêquerler*, em letras prateadas.

Amabel apertou todos de uma vez e imediatamente se sentiu obrigada a piscar. Ao abrir os olhos, viu na almofada ao seu lado uma bandeja prateada com sorvete de baunilha, frango cozido com molho branco, amêndoas (escaldadas), disquinhos de chocolate e hortelã, purê de batata e um copo grande de limonada — ao lado da bandeja havia um livro. *Família mal-humorada*, da Sra. Ewing, em velino branco.

Não há nada mais luxuoso que comer enquanto lê — a não ser ler enquanto come. Amabel fez os dois: não são a mesma coisa, como você vai perceber se pensar bem.

E assim que a última emoção da última colherada de sorvete desapareceu, e o olho de Amabel encontrou o último ponto final de *Família mal-humorada*, o trem parou, e centenas de funcionários da ferrovia vestidos de veludo branco gritaram:

— *Aondevocêquerir*! Saiam!

Um carregador aveludado, que meio que parecia um bicho-da-seda e também um pacote de lenços de casamento, abriu a porta.

— Agora! — disse. — Saia, Srta. Amabel, a não ser que queira ir para *Aondevocênãoquerir*.

Ela saiu apressada rumo a uma plataforma de marfim.

— Não no marfim, por gentileza — disse o carregador. — O tapete branco Axminster foi estendido especialmente para a senhorita.

Amabel caminhou pelo tapete e viu a distância uma multidão, toda de branco.

— O que é aquilo? — perguntou ao carregador amigável.

— É o Prefeito, cara Srta. Amabel — respondeu ele —, com seu endereço.

— Meu endereço é Old Cottage, Amberley — disse ela. — Pelo menos era.

E de repente estava cara a cara com o Prefeito. Ele era muito parecido com o Tio George, mas curvou-se diante dela, o que o Tio George não costumava fazer, e disse:

— Bem-vinda, cara pequena Amabel. Por favor, aceite este endereço de admiração do Prefeito, dos comerciantes, dos aprendizes e de todo o restante de Aondevocêquerir.

O endereço estava escrito em letras prateadas, sobre seda branca, e dizia:

"Bem-vinda, cara Amabel. Sabemos que sua intenção era agradar sua tia. A ideia de colocar as flores da estufa no canteiro vazio foi muito inteligente. A senhorita não tinha como saber que devia pedir licença antes de pegar as coisas dos outros."

— Ah, mas — disse Amabel, bastante confusa. — Eu...

Mas a banda começou a tocar e abafou suas palavras. Os instrumentos da banda eram todos de prata e as roupas dos músicos de couro branco. Estavam tocando "Cheero!".

E Amabel se viu participando de uma procissão, de mãos dadas com o Prefeito, e a banda tocando loucamente o tempo todo. O Prefeito estava todo vestido de roupas prateadas e, enquanto avançavam, ele dizia em seu ouvido:

— A senhorita tem nossa compaixão, a senhorita tem nossa compaixão — até ela ficar tonta.

Teve um desfile de flores — todas eram brancas. Um concerto — todas as músicas eram antigas. Uma peça chamada *Coloque-se no lugar dela*. E um banquete, com Amabel no lugar de honra.

Eles brindaram à sua saúde com uma bebida feita de vinho branco e soro de leite, e no Salão de Cristal de mil pilares reluzentes, onde milhares de convidados, todos de branco, foram recebidos para homenagear Amabel, os gritos começaram:

— Discurso! Discurso!

Não sei explicar o que estava passando na cabeça de Amabel. Talvez você saiba. O que quer que fosse começou como uma borboletinha minúscula em uma caixa, que não conseguia ficar quieta, mas batia e batia e batia as asas. E quando o Prefeito se levantou e disse:

— Cara Amabel, que todos amamos e compreendemos. Cara Amabel, que foi tão injustamente punida por tentar agradar uma tia indiferente; pobre, maltratada, abandonada, inocente Amabel; irrepreensível, sofredora Amabel, aguardamos suas palavras. — Aquela borboleta inquieta e fatigante dentro dela pareceu de repente inchar até o tamanho e a força de um albatroz inquieto, e Amabel se levantou de seu assento de honra no trono de marfim, prata e pérola, e disse, engasgando um pouco, e muito vermelha nas orelhas:

— Senhoras e senhores, não quero fazer um discurso, quero apenas dizer "Obrigada" e dizer... dizer... dizer...

Ela parou e toda a multidão de branco aplaudiu.

— Dizer — continuou quando os aplausos diminuíram — que não fui irrepreensível e inocente e todas essas coisas boas. Eu devia ter pensado. Aquelas flores *eram* da Titia. Mas eu queria mesmo agradá-la. É tudo ao mesmo tempo. Ah, eu queria que a Titia estivesse aqui!

E imediatamente a Titia *estava lá*, muito alta e bonita, com um vestido de veludo branco e um casaco de pele.

— Discurso! — gritou a multidão. — Discurso da Titia!

Titia subiu no degrau do trono ao lado de Amabel e disse:

— Acho que talvez eu tenha me precipitado. E acho que Amabel queria me agradar. Mas todas as flores que eram para o inverno... bem, fiquei irritada. Sinto muito.

— Ah, Titia, eu também... eu também — exclamou Amabel, e as duas começaram a se abraçar no degrau de marfim, enquanto a multidão aplaudia intensamente, e a banda começou a tocar.

— Ah, Titia — disse Amabel entre abraços —, este lugar é tão lindo, venha ver tudo. Podemos, não é? — perguntou ao Prefeito.

— O lugar é seu — respondeu ele. — E agora você vai ver muitas coisas que não pôde ver antes. Somos O Povo que Compreende. E agora você é uma de Nós. E sua tia também.

Não devo contar tudo o que elas viram porque essas coisas são segredos que apenas O Povo que Compreende sabe, e talvez você ainda não faça parte dessa nação feliz. E se fizer, vai saber sem que eu conte.

E quando ficou tarde, e as estrelas desceram de alguma forma para ficar entre as árvores, Amabel pegou no sono nos braços da tia ao lado de uma fonte branca em um terraço de mármore onde pavões brancos vinham beber água.

Ela despertou no grande quarto de hóspedes, mas os braços da tia ainda a envolviam.

— Amabel — dizia ela. — Amabel!

— Ah, Titia — disse Amabel, sonolenta. — Sinto muito. Fui *mesmo* uma boba. E queria mesmo agradá-la.

— Você *foi* uma boba — disse a tia —, mas tenho certeza de que queria me agradar. Venha jantar.

E Amabel tem uma lembrança confusa da tia pedindo desculpas e acrescentando:

— Pobrezinha da Amabel.

Se a tia disse mesmo isso, foi legal da parte dela. E Amabel tem quase certeza de que disse.

Amabel e a tia-avó agora são melhores amigas. Mas nenhuma jamais falou para a outra sobre a linda cidade chamada *Aondevocêquerir.* Amabel é tímida demais para puxar o assunto, e sem dúvida a tia tem seus motivos para não fazê-lo.

Mas é lógico que as duas sabem que estiveram lá juntas, e é fácil se dar bem com as pessoas quando você e elas fazem parte do *Povoquecompreende.*

Se consultar o *A.B.C.* de seu povo, você não vai encontrar *Aondevocêquerir.* Consta apenas na cópia encadernada em veludo vermelho que Amabel encontrou no quarto de hóspedes da tia.

Canção da Lua

MILDRED PLEW MEIGS

Cantarola zum, zum, zum —
Sobre o mar que ondula,
O homem lança uma rede prateada
Feita de raios da Lua.

E dizem que quando a rede se agita
E chega a madrugada;
O homem pesca uma velha cantiga
Que o marujo sussurrava.

E dizem que até o compasso ele pesca
Onde jazem navios dormentes
À procura da estrela pitoresca
Que caiu do céu de repente.

E no vaivém das ondas a rolar
Ao sopro do vento noturno,
Ninguém sabe por que pesca no mar
O homem da Lua soturno.

Cai a rede, zum, zum, zum
    Sobre o mar que ondula;
Cai brilhante e reluzente,
    Feita de raios da Lua.

E dizem que quando brilham os veios
    Nas ondas azul-marinho,
O homem pesca dois devaneios
    Perdidos quando era novinho.

E dizem que na madrugada,
    À sombra das nadadeiras,
O homem pesca flores geladas
    Sob a maré derradeira.

E no vaivém das ondas a rolar
    Se a gaivota dá um mergulho,
Ninguém sabe por que pesca no mar
    O homem da Lua soturno.

Cantarola zum, zum, zum —
    Sobre o mar que ondula,
O homem lança uma rede prateada
    Feita de raios da Lua.

E dizem que ele segue sempre o chamado
Da última luz que é um chamariz,
Pescando os óculos de aro dourado
Que caíram de seu nariz.

E enquanto o mar espuma salgado
E a rede serpenteia,
O homem pesca pentes adornados
Do cabelo da sereia.

E no vaivém das ondas a rolar
Ao sopro do vento noturno,
Ninguém sabe por que pesca no mar
O homem da Lua soturno.

O vento nos salgueiros *(fragmento)*

KENNETH GRAHAME

CAPÍTULO I
A margem do rio

A Toupeira trabalhara sem descanso a manhã inteira, dando uma faxina caprichada em sua casinha, preparando-a para a primavera. Primeiro, com vassouras; em seguida, com espanadores; depois, trepada em escadas, apoios e cadeiras, com um pincel e um balde de cal, até ter poeira na garganta e nos olhos, e respingos de cal por todo o pelo preto, e as costas doloridas e os braços cansados. A primavera dançava no ar lá em cima e ali embaixo, na terra, e por toda a sua volta, penetrando até mesmo em sua casinha escura e modesta com seu espírito de descontentamento e anseios divinos. Não foi nenhuma surpresa, portanto, quando ela de repente lançou a vassoura ao chão, e disse: "Que chatice!" e "Droga!" e também "Dane-se a faxina!" e saiu correndo de casa sem nem vestir o casaco. Alguma coisa lá em cima a chamava imperiosamente, e ela seguiu para o túnel pequeno e íngreme, que no seu caso era a entrada das residências daqueles animais que viviam mais próximos do sol e do ar. Assim, ela raspou e unhou e escalavrou e arranhou e então novamente arranhou e escalavrou e unhou e raspou, trabalhando com afinco com as patinhas e murmurando para si mesma: "Vamos subindo! Vamos subindo!" até que, por fim, *pop!*, seu focinho despontou à luz do sol, e ela se viu rolando na grama quente de uma grande campina.

— Isso é bom! — disse para si mesma. — É melhor do que caiar paredes!

O sol batia forte em seu pelo, brisas suaves acariciavam sua testa acalorada e, após o isolamento subterrâneo em que vivera por tanto tempo, a canção de pássaros felizes pareceu à sua audição entorpecida quase um grito. Saltando com as quatro patas no ar, na alegria de viver e no deleite da primavera sem faxina, ela seguiu seu caminho através da campina até chegar à cerca viva do outro lado.

— Espere! — disse um coelho idoso em um vão. — Seis centavos pelo privilégio de passar pela estrada particular!

Em um instante, ele foi derrubado pela impaciente e desdenhosa Toupeira, que corria ao longo da cerca viva zombando dos outros coelhos enquanto eles espiavam de suas tocas para ver qual era o motivo da discussão.

— Molho de cebola! Coelho com molho de cebola! — dizia ela, debochada, desaparecendo antes que pudessem pensar em uma resposta devidamente satisfatória.

Então eles começaram a resmungar uns com os outros:

— Como você é *burro*! Por que não disse a ela...

— Bem, por que *você* não disse...

— Você poderia ter lembrado a ela...

E assim por diante, como de hábito. Mas, naturalmente, a essa altura já era tarde demais, como sempre acontece.

Tudo aquilo parecia bom demais para ser verdade. Aqui e acolá pela campina, ela perambulava, agitada, ao longo das sebes, através dos bosques, encontrando em todos os lugares pássaros construindo, flores brotando, folhas crescendo — tudo feliz, dinâmico e em atividade. E em vez de ter uma consciência inquieta afligindo-a e sussurrando "Tem que caiar!", de alguma forma ela só conseguia sentir a alegria de ser a única criatura ociosa entre todos aqueles cidadãos ocupados. Afinal, a melhor parte de estar de folga talvez não seja tanto descansar, mas ver todos os outros ocupados, trabalhando.

Ela pensou que sua felicidade estava completa quando, ao vagar sem rumo, de repente se viu à margem de um rio cheio. Nunca em sua vida tinha visto um rio — essa criatura esguia, sinuosa e encorpada, que corria e gargalhava, agarrando coisas com um gorgolejo e soltando-as com uma risada, para logo se atirar sobre novos companheiros que se libertavam e eram pegos e seguros outra vez. Tudo se resumia a sacolejos e tremores — brilhos, cintilações e faíscas, farfalhos e redemoinhos, tagarelices e borbulhas. A Toupeira estava enfeitiçada, em transe, fascinada. À beira do rio, ela andava como uma criança ao lado de um homem que a mantém enfeitiçada por histórias empolgantes; e, quando finalmente se cansou, ela sentou-se na margem, enquanto o rio continuava a tagarelar com ela, uma procissão das melhores histórias do mundo, saídas do seio da terra para serem finalmente contadas ao mar insaciável.

Sentada na grama, olhando além do rio, um buraco escuro na margem oposta, logo acima da linha d'água, chamou sua atenção, e sonhadoramente ela se pôs a considerar como seria uma morada confortável e agradável para um animal com poucos quereres e afeito a uma pequenina residência à beira do rio, acima do nível da enchente, longe do barulho e da poeira. Enquanto ela olhava, algo brilhante e pequeno pareceu cintilar no centro daquele espaço, desaparecendo em seguida, e então cintilou mais uma vez, como uma pequena estrela. No entanto, aquilo dificilmente poderia ser uma estrela em uma situação tão improvável; e era muito brilhante e pequeno para ser um vaga-lume. Enquanto ela olhava, a coisa piscou para ela, e então se revelou um olho; e um pequeno rosto começou a crescer gradualmente em torno dele, como uma moldura ao redor de uma imagem.

Um rostinho marrom com bigodes.

Um rosto redondo e sério, com o mesmo brilho no olho que inicialmente atraiu sua atenção.

Orelhinhas bem-feitas e pelos sedosos e espessos.

Era o Rato-d'Água!

Nesse momento, os dois animais se ergueram e examinaram um ao outro com cautela.

— Olá, Toupeira! — disse o Rato-d'Água.

— Olá, Rato! — respondeu a Toupeira.

— Você gostaria de me fazer uma visita? — indagou o Rato sem demora.

— Ah, podemos *conversar* sem problemas — disse a Toupeira, um tanto impertinente, pois tudo era novidade para ela: o rio, a vida ribeirinha e seus costumes.

O Rato não disse nada, mas se abaixou, desatou uma corda e a puxou; em seguida, entrou com cuidado em um barquinho que a Toupeira não havia notado. Era pintado de azul por fora e branco por dentro e tinha o tamanho exato para dois animais; e o coração da Toupeira amoleceu todinho, imediatamente, por causa dele, embora ela ainda não compreendesse de todo os seus usos.

O Rato remou com agilidade e atracou, prendendo o barco com firmeza. Então, estendeu a pata dianteira enquanto a Toupeira descia com cautela.

— Segure aqui! — disse ele. — Agora, entre rápido!

E a Toupeira, para sua surpresa e êxtase, viu-se sentada na popa de um barco de verdade.

— Hoje o dia está maravilhoso! — exclamou ela, enquanto o Rato impulsionava a embarcação para longe da margem e recomeçava a remar. — Sabe que eu nunca estive em um barco em toda a minha vida?

— O quê? — gritou o Rato, boquiaberto. — Nunca esteve em um... você nunca... bem, eu... o que você anda fazendo, então?

— É assim tão bom? — perguntou a Toupeira timidamente, embora estivesse bem-preparada para acreditar, ao se recostar no assento e examinar as almofadas, os remos, as forquilhas e todos os acessórios fascinantes, e sentir o barco balançar levemente debaixo dela.

— Bom? É uma coisa *única* — disse o Rato-d'Água solenemente, inclinando-se à frente para remar. — Acredite em mim, minha jovem amiga, não existe nada... absolutamente nada... que sequer chegue perto do que é passar tempo em um barco. Simplesmente passar seu tempo nele — prosseguiu ele, sonhador. — Ficar à toa... em... um barco... ficar...

— Olhe para a frente, Rato! — gritou a Toupeira de repente.

Era tarde demais. O barco atingiu um banco de areia a toda velocidade. O sonhador, o alegre remador, viu-se caído de costas no fundo do barco, com os pés para cima.

— ... dentro de um barco... ou *com* barcos — continuou o Rato tranquilamente, levantando-se com uma risada agradável. — Dentro ou fora deles, não importa. Nada parece ter mesmo importância e é justamente aí que está a graça. Quer você fuja, ou não; quer chegue ao seu destino ou a outro lugar, ou mesmo que nunca chegue a lugar nenhum, você está sempre ocupado e nunca faz nada em particular; e, quando acaba uma tarefa, há sempre algo mais a fazer e, se quiser, você pode até fazer, mas é melhor não. Olhe aqui! Se você não tem mesmo mais nada para fazer esta manhã, que tal descermos o rio juntos e aproveitarmos um longo dia?

A Toupeira mexeu os dedos dos pés de pura felicidade, expandiu o peito com um suspiro de plena satisfação e recostou-se alegremente nas almofadas macias.

— *Que* dia está sendo este! — disse ela. — Vamos de uma vez!

— Espere um minuto, então! — pediu o Rato.

Ele passou a corda por uma argola no cais, subiu em seu buraco, mais acima, e após um curto intervalo, reapareceu cambaleando sob uma pesada cesta de vime cheia de comida.

— Enfie isso embaixo dos seus pés — disse ele à Toupeira, ao colocar a cesta dentro do barco. Em seguida, desamarrou a corda e tornou a pegar os remos.

— O que tem aí dentro? — perguntou a Toupeira, contorcendo-se de curiosidade.

— Tem frango — respondeu o Rato sucintamente —, línguapresuntocarneemconservapepinosemconservasaladabriocheagriãosanduíchescarneenlatadacervejadegengibrelimonadarefrigeranteágua...

— Ah, pare, pare — gritou a Toupeira em êxtase. — Isso é demais!

— Você acha mesmo? — perguntou o Rato, sério. — É só o que eu sempre levo nessas pequenas excursões; e os outros animais estão sempre me dizendo que eu sou um animal muito mesquinho e corto *muito* fino!

A Toupeira não ouviu uma só palavra do que ele disse. Absorta na nova vida em que estava entrando, intoxicada com o brilho, a ondulação, os cheiros e os sons e a luz do sol, ela mergulhou uma pata na água e teve longos devaneios. O Rato-d'Água, como o bom camarada que era, remava sem parar e se controlava para não perturbá-la.

— Gosto muitíssimo das suas roupas, minha amiga — observou ele depois que se passou cerca de meia hora. — Vou comprar um smoking de veludo preto para mim, algum dia, assim que puder.

— Como? — replicou a Toupeira, recompondo-se com esforço. — Você deve estar achando que sou muito rude. Mas tudo isso é tão novo para mim. Então... isto... é... um... rio!

— O Rio — corrigiu o Rato.

— E você mora mesmo à beira do rio? Que vida feliz!

— À beira dele e com ele e sobre ele e dentro dele — disse o Rato. — É irmão e irmã para mim, e tias, e companhia, comida e bebida, e (naturalmente) limpeza. Ele é o meu mundo, e não desejo nenhum outro. O que ele não tem não vale a pena ter, e o que ele não sabe não vale a pena saber. Deus, o que já vivemos juntos! No inverno ou no verão, na primavera ou no outono, sempre tem diversão e emoção. Quando as enchentes chegam em fevereiro, e minhas adegas e meu porão estão cheios de bebidas que não são boas para mim, e a água marrom corre pela janela do meu melhor quarto; ou quando tudo retrocede novamente e surgem manchas de lama que cheiram a bolo com especiarias, e os juncos e ervas daninhas entopem os canais, e eu posso vasculhar, sem molhar os pés, a maior parte do leito do rio e encontrar comida fresca, e coisas que pessoas descuidadas jogam dos barcos!

— Mas não é um pouco chato às vezes? — a Toupeira aventurou-se a perguntar. — Só você e o rio, e ninguém mais com quem falar?

— Ninguém mais com quem... bem, não devo ser duro com você — disse o Rato com paciência. — Você é nova aqui e, certamente, não sabe. As margens estão tão lotadas atualmente que muitas pessoas estão indo embora daqui. Ah, não, não é mais como era, nem um pouco. Lontras, martins-pescadores, pintassilgos, galinhas-d'água, todos eles pra lá e pra cá o dia todo e sempre querendo que você *faça* alguma coisa... como se um sujeito não tivesse negócios próprios a cuidar!

— O que há ali *adiante*? — perguntou a Toupeira, apontando a pata na direção de um bosque que emoldurava sombriamente os terrenos ribeirinhos de um dos lados.

— Aquilo? Ah, é só a Floresta Selvagem — disse o Rato de forma sucinta. — Nós não vamos muito para aqueles lados, nós povo ribeirinho.

— Não há... não há pessoas *boas* lá? — perguntou a Toupeira, com uma ponta de nervosismo.

— B-e-m — replicou o Rato —, vejamos. Os esquilos são ok. *E* os coelhos... alguns são, mas os coelhos são um grupo misto. E também tem o Texugo, é óbvio. Ele mora bem no coração da floresta; não moraria em nenhum outro lugar, mesmo que você pagasse a ele. O velho e querido Texugo! Ninguém se mete com *ele*. É o melhor a fazer — acrescentou ele, expressivamente.

— Por quê? Quem se meteria com ele? — perguntou a Toupeira.

— Bem, é lógico... que existem... outros — explicou o Rato de forma hesitante. Doninhas... arminhos... raposas... por aí vai. Tudo certo com eles, de certa forma... eu sou muito amigo deles... passamos algumas horas juntos quando nos encontramos, e tudo..., mas eles às vezes se rebelam, não há como negar, e então... bem, não se pode confiar de verdade neles, isso é fato.

A Toupeira sabia muito bem que é totalmente contra a etiqueta animal pensar em possíveis problemas à frente, ou mesmo fazer alusão a eles; então, deixou de lado o assunto.

— E além da Floresta Selvagem? — perguntou ela. — Onde tudo é azul e sombrio, e se vê o que podem ser colinas ou talvez não, e algo como a fumaça das cidades, ou talvez sejam apenas nuvens se deslocando

— Além da Floresta Selvagem fica o Vasto Mundo — disse o Rato. — E isso é algo que não importa, nem para você nem para mim. Nunca estive lá e nunca irei, nem tampouco você, se tiver algum bom senso. Nunca mais se refira a isso, por favor. Agora vamos! Eis finalmente o nosso remanso, onde vamos almoçar.

Deixando o curso d'água principal, eles passaram para o que parecia à primeira vista um pequeno lago. A relva verde descia a encosta de ambos os lados, raízes de árvores semelhantes a serpentes marrons cintilavam abaixo da superfície das águas tranquilas, enquanto à frente deles a estrutura prateada e a queda espumosa de uma barragem, de braços dados com uma inquieta roda de moinho gotejante, que por sua vez sustentava uma casa de moinho cinzenta de duas águas, enchia o ar com um murmúrio tranquilizante, monótono e sufocante, mas com vozinhas límpidas interrompendo-o alegremente a intervalos. Era tão lindo que a Toupeira só conseguia erguer as duas patas dianteiras e exclamar:

— Minha nossa! Minha nossa! Minha nossa!

O Rato conduziu o barco até a margem, amarrou-o, ajudou a ainda desajeitada Toupeira a desembarcar com segurança e pegou a cesta com o lanche. A Toupeira implorou como um favor que ele a deixasse desempacotar tudo sozinha; e o Rato ficou muito satisfeito em lhe fazer a vontade e em se esparramar na grama e descansar, enquanto sua entusiasmada amiga sacudia a toalha de mesa e a estendia, tirava da cesta todos os misteriosos pacotes, um por um, e organizava seu conteúdo na devida ordem, ainda exclamando "Minha nossa! Minha nossa!" a cada nova revelação. Quando estava tudo pronto, o Rato disse:

— Agora pode atacar, minha amiga!

E a Toupeira ficou de fato muito feliz em obedecer, pois havia começado sua faxina bem cedo naquela manhã, como as pessoas *costumam* fazer, e não tivera nenhuma pausa para comer; e ela passara por muita coisa desde aquele momento distante que agora parecia ter ocorrido tantos dias atrás.

— O que você está olhando? — perguntou o Rato, quando a fome de ambos havia aliviado um pouco e os olhos da Toupeira conseguiram se desviar um pouco da toalha de mesa.

— Estou observando — disse a Toupeira — uma linha de borbulhas que vejo percorrendo a superfície da água. Isso é algo que me parece engraçado.

— Borbulhas? Ora! — exclamou o Rato, e gorjeou alegremente, de uma forma que parecia um convite.

Um focinho grande e reluzente surgiu acima da água, na margem, e a Lontra içou o corpo para fora, sacudindo a água de seu casaco.

— Gentinha egoísta! — observou ela, indo em direção à comida. — Por que você não me convidou, Ratinho?

— Foi de improviso — explicou o Rato. — A propósito... esta é minha amiga, a Sra. Toupeira.

— É um prazer, com certeza — disse a Lontra, e os dois animais tornaram-se amigos de imediato. — Que confusão por toda parte! — continuou a Lontra. — Parece que todo mundo resolveu sair no rio hoje. Eu vim até este remanso para tentar obter um momento de paz e então dou de cara com vocês, companheiros! Bem... peço desculpas... eu não quis dizer exatamente isso, vocês sabem.

Houve um farfalhar atrás deles, proveniente de uma cerca viva onde as folhas do ano anterior ainda persistiam, e uma cabeça listrada, com ombros altos atrás dela, os espiava.

— Venha, velho Texugo! — gritou o Rato.

O Texugo avançou, dando um ou dois passos, mas de repente resmungou:

— Humpf! Companhia. — Então virou as costas e desapareceu de vista.

— Esse é *exatamente* o tipo de sujeito que ele é! — observou o decepcionado Rato. — Ele simplesmente odeia a sociedade! Agora não o veremos mais hoje. Bem, então nos diga, *quem* está no rio?

— O Sapo, por exemplo — respondeu a Lontra. — Em seu barco de corrida novinho em folha, roupas novas, tudo novo!

Os dois animais se entreolharam e riram.

— Antes, nada mais interessava além de velejar — disse o Rato. — Então ele se cansou e começou a andar de gôndola. Nada mais o satisfazia, exceto andar de gôndola o dia todo, todos os dias, e com isso ele arranjou uma bela confusão. No ano passado, foi a vez da casa flutuante, e todos nós tivemos de ir ficar com ele em sua casa flutuante e fingir que gostávamos. Ele ia passar o resto da vida em uma casa flutuante. É sempre a mesma coisa, o que quer que ele comece a fazer; ele se cansa e passa para algo novo.

— É um bom camarada também — comentou a Lontra, pensativa. — Mas sem estabilidade... especialmente em um barco!

De onde estavam, podiam vislumbrar o curso d'água principal, além da ilha que os separava; e nesse exato momento um barco de corrida surgiu, o remador — uma figura baixa e robusta — jogando água para todos os lados e oscilando bastante, mas dando o máximo de si. O Rato levantou-se e o chamou, mas o Sapo — pois não era outro senão ele — balançou a cabeça e, rigoroso, voltou ao trabalho.

— Ele vai cair do barco em um minuto se continuar balançando assim — disse o Rato, voltando a se sentar.

— Com certeza, vai — riu a Lontra. — Eu já te contei aquela história ótima sobre o Sapo e o guardião da eclusa? Aconteceu assim. O Sapo...

Uma Efemérida errante desviou precariamente, atravessando a corrente da maneira embriagada e afetada das jovens Efeméridas ao ver criaturas vivas. Um redemoinho na água e um "glub!" e a Efemérida sumiu de vista.

Assim como a Lontra.

A Toupeira olhou para baixo. A voz ainda estava em seus ouvidos, porém a grama onde ela havia se esparramado agora estava vaga. Não havia nenhuma Lontra à vista até o distante horizonte.

Mais uma vez, porém, viu-se uma linha de borbulhas na superfície do rio.

O Rato assoviou uma canção e a Toupeira lembrou que a etiqueta animal proibia qualquer tipo de comentário sobre o súbito desaparecimento de um amigo, em qualquer momento, por qualquer razão ou sem nenhuma razão.

— Ora, ora — disse o Rato —, acho melhor a gente ir andando. Eu me pergunto qual de nós deveria arrumar a cesta... — Ele não falou como se estivesse terrivelmente ansioso para executar a tarefa.

— Ah, por favor, permita que eu faça isso — pediu a Toupeira.

Então, naturalmente, o Rato permitiu.

Arrumar a cesta não foi um trabalho tão agradável quanto desempacotá-la. Nunca é. Mas a Toupeira estava decidida a desfrutar de tudo e, embora logo depois de embalar e amarrar a cesta com firmeza, ela tenha visto um prato olhando para ela da grama e, depois do trabalho refeito, o Rato tenha apontado para um garfo que qualquer um deveria ter visto e, por último, pasmem! O pote de mostarda, no qual a Toupeira estivera sentada sem saber — ainda assim, de alguma forma, a tarefa finalmente foi concluída, sem perder muito a compostura.

O sol da tarde ia baixando enquanto o Rato remava suavemente para casa em um estado de espírito sonhador, murmurando coisas poéticas para si mesmo, sem prestar muito atenção à Toupeira. Ela, porém, estava muito satisfeita com o almoço e consigo mesma, e muito orgulhosa, e já se sentia em casa em um barco (assim ela pensava). Além disso, estava ficando um pouco inquieta. Não demorou para que ela dissesse:

— Ratinho! Por favor, *eu* quero remar agora!

O Rato sacudiu a cabeça com um sorriso.

— Ainda não, minha jovem amiga — disse ele. — Espere até ter algumas aulas. Não é tão fácil quanto parece.

A Toupeira ficou quieta por um ou dois minutos. Mas começou a sentir cada vez mais inveja do Rato, remando com tanta força e facilidade, e seu orgulho começou a murmurar que ela também era capaz de fazer aquilo tão bem quanto ele. Então, ela deu um pulo e agarrou os remos, tão repentinamente que o Rato, que estava olhando para a água e dizendo mais coisas poéticas para si mesmo, foi pego de surpresa e tombou para trás com as pernas no ar pela segunda vez, enquanto a triunfante Toupeira tomava seu lugar e segurava os remos com toda a confiança.

— Pare com isso, sua *tonta*! — gritou o Rato, do fundo do barco. — Não pode fazer isso! Você vai fazer a gente virar!

A Toupeira jogou os remos para trás com um floreio e os baixou com força. Mas errou completamente a superfície e suas pernas voaram acima da cabeça, e ela se viu caída em cima do prostrado Rato. Muito alarmada, ela tentou agarrar a lateral do barco, e no momento seguinte... *Splash!*

O barco virou e lá estava ela se debatendo no rio.

Ah, puxa, como a água estava fria, e ah, como parecia *muito* molhada. E como cantava em seus ouvidos enquanto ela afundava, afundava, afundava! Como o sol pareceu brilhante e bem-vindo quando ela subiu à superfície tossindo e cuspindo! E como foi profundo seu desespero quando ela se sentiu afundar novamente! Então uma pata firme a agarrou pela nuca. Era o Rato, e ele estava evidentemente gargalhando — a Toupeira podia *sentir* que ele estava gargalhando, que sua risada lhe percorria o braço e atravessava a pata, alcançando o pescoço dela, da Toupeira.

O Rato agarrou um remo e o enfiou debaixo do braço da Toupeira; em seguida, fez o mesmo no outro lado e, nadando atrás dela, empurrou a indefesa criatura até a margem, puxou-a para fora e a deixou em terra firme, uma massa espessa e mole de infelicidade.

Depois que o Rato a esfregou um pouco e extraiu um pouco da umidade dela, ele disse:

— Agora, minha velha amiga, suba e desça correndo o caminho ao longo do rio, o mais rápido que puder até ficar quente e seca novamente, enquanto eu mergulho para resgatar a cesta de comida.

Assim, a desalentada Toupeira, molhada por fora e envergonhada por dentro, correu de um lado para o outro até ficar bem seca, enquanto o Rato tornava a mergulhar, recuperava o barco, endireitava-o e o prendia, trazendo sua propriedade flutuante aos poucos para a costa, e finalmente mergulhava com sucesso atrás da cesta e pelejava para chegar à terra com ela.

Quando tudo estava pronto para tornarem a partir, a Toupeira, murcha e abatida, ocupou seu lugar na popa do barco. E, quando partiram, ela disse em voz baixa, entrecortada pela emoção:

— Ratinho, meu generoso amigo! Sinto muito por minha conduta tola e ingrata. Meu coração quase falha quando penso que poderia ter perdido essa bela cesta de comida. De fato, fui uma idiota completa, e sei disso. Você pode esquecer isso, me perdoar e deixar as coisas seguirem como antes?

— Está tudo bem, abençoada amiga! — respondeu o Rato alegremente. — O que é ficar um pouco molhado para um Rato-d'Água? Vivo mais na água do que fora dela na maior parte do tempo. Não pense mais nisso; e olhe aqui! Eu realmente acho que seria melhor você vir passar um tempo comigo. Minha casa é muito simples e rústica, você sabe... nem um pouco parecida com a casa do Sapo... Mas você ainda não a conhece; de qualquer forma, posso lhe oferecer algum conforto. E vou ensiná-la a remar e nadar, e logo você será tão hábil na água quanto qualquer um de nós.

A Toupeira estava tão comovida com sua maneira amável de falar que não conseguiu encontrar sua voz para responder: teve de enxugar uma ou duas lágrimas com as costas da pata. Mas o Rato gentilmente olhou em outra direção, e logo a Toupeira se reanimou, e ela até conseguiu dar uma resposta direta a um par de galinhas--d'água que ria de sua aparência enlameada.

Ao chegarem em casa, o Rato acendeu a lareira na sala e acomodou a Toupeira em uma poltrona diante do fogo, depois de ir buscar um roupão e chinelos para ela, e lhe contou histórias do rio até a hora do jantar. Eram histórias muito emocionantes, também, para um animal terrestre como a Toupeira. Histórias sobre barragens, inundações repentinas, lúcios saltadores e vapores que atiravam garrafas — bem, as garrafas certamente eram atiradas, e *de* vapores, portanto podia-se presumir que fossem *por* eles; e sobre garças, e como elas eram exigentes em relação àqueles com quem falavam; e sobre aventuras bueiros adentro e pescarias noturnas com a Lontra, ou excursões para regiões distantes com o Texugo. A ceia foi uma refeição muito alegre, mas logo depois uma Toupeira terrivelmente sonolenta teve de ser escoltada escada acima por seu atencioso anfitrião, até o melhor quarto, onde ela imediatamente deitou a cabeça no travesseiro em grande paz e contentamento, sabendo que seu recém-descoberto amigo, o Rio, lambia o peitoril de sua janela.

Esse dia foi apenas o primeiro de muitos semelhantes para a emancipada Toupeira, cada um deles mais longo e cheio de acontecimentos interessantes, à medida que o verão amadurecia e avançava. Ela aprendeu a nadar e a remar, e adquiriu o gosto pela água corrente. E com o ouvido colado aos caules dos juncos, ela captava, a intervalos, algo do que o vento seguia sussurrando constantemente entre eles.

Um retrato

GUY DE MAUPASSANT

— Olá! Ali está Milial! — disse alguém perto de mim.

Olhei para o homem para quem a pessoa apontara, pois havia muito que desejava conhecer aquele Don Juan.

Ele não era mais jovem. O cabelo grisalho parecia um pouco com aqueles gorros de pelo usados por certos povos do norte, e sua barba comprida, que caía sobre o peito, também tinha uma aparência de pelagem. Ele estava conversando com uma dama, inclinando-se em direção a ela, falando em voz baixa e olhando para ela com uma expressão cheia de respeito e ternura.

Eu conhecia sua vida, ou pelo menos o tanto que se sabia sobre ela. Amara loucamente várias vezes, e havia certas tragédias com as quais seu nome estava relacionado. Quando eu falava com mulheres que o elogiavam com paixão e perguntava de onde vinha seu poder, elas sempre respondiam, depois de pensar um pouco:

— Não sei... ele tem um charme.

Ele certamente não era bonito. Não tinha nada da elegância que atribuímos a conquistadores de corações femininos. Eu me perguntava qual seria seu charme oculto. Seria intelectual? Nunca tinha ouvido um dito inteligente seu. Algo em seu olhar? Talvez. Ou em sua voz? A voz de algumas pessoas tem uma atração irresistível, quase sugerindo o sabor de coisas boas de comer. Sentimos fome dela, e o som de suas palavras nos penetra como um bocado saboroso. Um amigo estava passando. Perguntei a ele:

— Você conhece o Monsieur Milial?

— Sim.

— Nos apresente.

Um minuto depois estávamos nos cumprimentando e conversando na entrada. O que ele disse era correto, agradável de se ouvir, e não continha nenhum pensamento irritante. A voz era doce, suave, carinhosa, musical, mas eu já tinha ouvido outras muito mais atraentes, muito mais tocantes. Ouvia-se com prazer, como quem observa um belo riacho. Nenhuma tensão mental era necessária para acompanhá-lo, nenhum sentido oculto aguçava a curiosidade, nenhuma expectativa despertava o interesse. Sua conversa era bastante tranquila, mas não despertava o desejo de responder, contradizer ou aprovar, e era tão fácil respondê-lo quanto ouvi-lo. A resposta vinha aos lábios por conta própria, assim que ele terminava de falar, e frases iam em sua direção como se ele as tivesse despertado naturalmente.

Um pensamento logo me ocorreu. Eu o conhecia havia um quarto de hora, e parecia que ele já era um de meus velhos amigos, que eu sabia tudo sobre ele havia muito tempo — seu rosto, seus gestos, sua voz, suas ideias. De repente, depois de alguns minutos de conversa, ele pareceu ser alguém de quem eu já era íntimo. Qualquer constrangimento entre nós desapareceu e, se ele quisesse, eu teria feito confidências como se faz apenas a velhos amigos.

Certamente havia algum mistério nele. As barreiras que se mantêm entre a maioria das pessoas e que diminuem com o tempo quando a simpatia, gostos semelhantes, cultura intelectual análoga e encontros constantes removem o constrangimento — essas barreiras pareciam não existir entre nós dois, e sem dúvida isso acontecia entre ele e todas as pessoas, homens e mulheres, que o destino colocava em seu caminho.

Depois de meia hora, nós nos despedimos, prometendo encontros frequentes, e ele me deu seu endereço após me convidar para almoçar com ele em dois dias.

Esqueci a hora que havíamos combinado e cheguei cedo demais; ele ainda não estava em casa. Uma criada correta e silenciosa me levou a uma sala bonita, tranquila e de iluminação suave. Me senti confortável ali, em casa. Com que frequência percebo a influência dos lugares na personalidade e na mente! Alguns fazem a pessoa se sentir tola; outros, ao contrário, sempre animada. Alguns nos deixam tristes, embora bem iluminados e decorados com móveis claros; outros nos animam, embora cheios de objetos sóbrios. Nosso olho, como nosso coração, tem seus gostos e desgostos, a respeito dos quais não nos informa, e que impõe secretamente sobre nosso temperamento. A harmonia dos móveis, paredes, o estilo de um conjunto atuam imediatamente sobre nosso estado mental, assim como o ar do bosque, do mar ou das montanhas modifica nossa natureza física.

Sentei-me em um divã coberto de almofadas e, de repente, me senti carregado e sustentado por aqueles saquinhos de seda cheios de penas, como se o contorno do meu corpo tivesse sido traçado de antemão naquele sofá.

Então olhei ao meu redor. Não havia nada de impressionante no cômodo; em toda parte havia coisas belas e modestas, móveis simples e raros, cortinas orientais que não pareciam ter vindo de uma loja de departamentos, mas do interior de um harém; e à minha frente estava pendurado o retrato de uma mulher. Era um retrato de tamanho médio, que mostrava a cabeça e a parte superior do corpo, e as mãos, que seguravam um livro. Ela era jovem, tinha a cabeça descoberta; fitas trançavam seu cabelo; exibia um sorriso triste. Seria por estar com a cabeça descoberta, ou simplesmente sua expressão natural? Eu nunca vi um retrato de uma dama que parecesse estar no local mais acertado, como aquele naquela moradia. De todos os que conhecia, nunca tinha visto nada como aquele. Todos os que conheço estão expostos, esteja a dama vestida em seus trajes mais vistosos, com um chapéu atraente e um olhar que mostra que ela está posando primeiro para o artista e depois para aqueles que a observarão, ou em uma posição confortável em um vestido comum. Algumas se colocam majestosas em toda sua beleza, o que não lhes é natural na vida. Todas têm alguma coisa, uma flor ou uma joia, um vinco no vestido ou uma curva nos lábios, que parece ter sido colocada ali pelo artista para obter um efeito. Quer exibam um chapéu ou apenas o próprio cabelo, percebe-se imediatamente que não são completamente naturais. Por quê? Não é possível dizer sem conhecê-las, mas o efeito está ali. Elas parecem estar chamando, de algum lugar, pessoas que desejam agradar e para quem desejam aparecer em sua melhor forma; e estudaram suas atitudes, às vezes modestas, às vezes arrogantes.

O que poderia dizer desta? Estava à vontade e sozinha. Sim, estava sozinha, pois estava sorrindo como sorrimos ao pensar, solitários, em algo triste ou doce, e não como sorrimos quando somos observados. Parecia tão sozinha e tão à vontade que fazia o cômodo inteiro parecer completamente vazio. Só ela vivia ali, o preenchia, dava-lhe vida. Muitas pessoas podem entrar e conversar, rir, até cantar; ela seguiria sozinha com um sorriso solitário, e só ela daria vida ao lugar com seu olhar retratado.

Aquele olhar era tão único. Caía diretamente sobre mim, fixo e carinhoso, sem me ver. Todo retrato sabe que está sendo observado, e responde com os olhos, que veem, pensam, nos seguem sem nos deixar, desde o instante em que entramos no cômodo que habita. Este não me via; não via nada, embora parecesse fixo em mim. Lembrei-me do verso surpreendente de Baudelaire:

E teus olhos, atraentes como os de um retrato.

Eles me atraíam mesmo, de maneira irresistível; aqueles olhos pintados que tinham vivido, ou que talvez ainda viviam, lançavam sobre mim um feitiço estranho, poderoso. Ah, que charme infinito e terno, como uma brisa que passa, como um pôr do sol lilás rosado e azul, um pouco triste como a noite que chega, que surge detrás da moldura sóbria e daqueles olhos impenetráveis! Aqueles olhos, criados por algumas pinceladas, escondem atrás de si o mistério daquilo que parece ser e que não existe, que pode aparecer nos olhos de uma mulher, que podem fazer o amor florescer dentro de nós.

A porta se abriu e M. Milial entrou. Pediu desculpas pelo atraso. Eu pedi desculpas por chegar adiantado. Então indaguei:

— Importa-se se eu perguntar quem é esta dama?

Ele respondeu:

— É minha mãe. Morreu muito jovem.

E entendi de onde vinha a atração inexplicável daquele homem.

As janelas douradas

LAURA E. RICHARDS

Ao longo do dia, o garotinho trabalhou muito, no campo, no celeiro e no estábulo, pois vinha de uma família pobre de agricultores, que não tinha condições de pagar um funcionário. Mas, quando o sol se punha, ele tinha uma hora só para si, que o pai lhe dera. Então, o garoto subia até o topo de uma colina e olhava para outra colina que se levantava a alguns quilômetros dali. Nessa colina distante ficava uma casa com janelas de ouro reluzente e diamantes. Elas brilhavam e reluziam tanto que o garoto piscava fundo ao observá-las: mas, depois de um tempo, as pessoas da casa fechavam as venezianas, ao que parecia, e aquela passava a parecer uma casa de fazenda comum. O garoto achava que eles faziam isso porque era chegada a hora do jantar; então ele ia para casa, comia pão com leite, e ia dormir.

Um dia, o pai chamou o menino e disse:

— Você tem sido um bom garoto, e merece um descanso. Aproveite o dia hoje. Lembre-se, porém, de que ele é um presente de Deus, e tente aprender algo de bom.

O garoto agradeceu ao pai e beijou a mãe; então, colocou um pedaço de pão no bolso e saiu para encontrar a casa com as janelas douradas.

Era uma caminhada agradável. Seus pés descalços deixavam marcas na poeira branca e, quando ele olhava para trás, as pegadas pareciam segui-lo, fazendo-lhe companhia. Sua sombra também seguia ao seu lado, e dançava ou corria com ele sempre que desejava; tudo era muito alegre.

Com o passar do tempo, ele ficou com fome; sentou-se à beira de um riacho marrom que atravessava a plantação de amieiro ao longo da estrada, comeu seu pão, e bebeu a água limpa. Então, distribuiu as migalhas para os pássaros, como sua mãe lhe ensinara, e seguiu seu caminho.

Depois de uma boa caminhada, ele chegou a uma colina verde; e subindo a colina encontrou a casa no topo. Mas parecia que as venezianas estavam fechadas, pois ele não viu as janelas douradas. Ele se aproximou da casa, e poderia muito bem ter chorado, pois as janelas eram de vidro claro, como qualquer outra, e não havia ouro em nenhuma delas.

Uma mulher veio até a porta, olhou para o garoto com gentileza e perguntou o que ele queria.

— Avistei as janelas douradas lá do topo da nossa colina — respondeu ele — e vim vê-las, mas agora são apenas vidro.

A mulher balançou a cabeça e riu.

— Somos uma família pobre do campo — disse — e não teríamos ouro em nossas janelas; mas o vidro é melhor para enxergar.

Ela disse ao menino que se sentasse no degrau largo de pedra à porta e trouxe-lhe um copo de leite e um bolo, e disse-lhe que descansasse; então chamou a filha, uma criança da idade dele, fez um gesto gentil de cabeça para os dois e voltou ao trabalho.

A garotinha estava descalça como ele e usava um vestido de algodão marrom, mas seu cabelo era dourado como as janelas que ele vira, e seus olhos eram azuis como o céu ao meio-dia. Ela conduziu o garoto pela fazenda e mostrou-lhe seu bezerro preto com uma estrela branca na testa, e ele contou sobre o bezerro que tinha em casa, que era vermelho como uma castanha, com quatro pés brancos. Então, depois de comerem uma maçã juntos e se tonarem amigos, o garoto perguntou-lhe sobre as janelas douradas. A garotinha assentiu e disse conhecê-las, mas que ele tinha confundido a casa.

— Você veio na direção errada! — disse ela. — Venha comigo, vou lhe mostrar a casa das janelas douradas, e você vai ver com os próprios olhos.

Foram até o montículo que se erguia atrás da casa e, no caminho, a garotinha disse a ele que só era possível ver as janelas douradas a determinada hora, perto do pôr do sol.

— Sim, eu sei disso! — disse o garoto.

Quando chegaram ao topo do montículo, a garota virou e apontou; e lá, em uma colina distante, estava uma casa com janelas de ouro reluzente e diamantes, como ele tinha visto. E, ao olhar com atenção, o garoto viu que era a própria casa.

Então ele disse à garotinha que precisava ir; e deu-lhe sua melhor pedra, a branca com a faixa vermelha que ele levava no bolso havia um ano; e ela deu-lhe três flores de castanheira, uma vermelha como cetim, uma com bolinhas e uma branca como leite. Ele a beijou e prometeu voltar, mas não contou a ela o que tinha aprendido; desceu a colina, e a garotinha ficou parada à luz do poente olhando para ele.

O caminho para casa era longo e escureceu antes que o garoto chegasse à casa do pai; mas a luz do lampião e da fogueira brilhavam pelas janelas, quase tão reluzentes quanto as que ele vira do topo da colina. Quando ele abriu a porta, a mãe veio beijá-lo, e a irmãzinha correu e jogou os braços em volta de seu pescoço, e o pai olhou e sorriu, sentado em frente ao fogo.

— Teve um bom dia? — perguntou a mãe.

Sim, o menino tivera um ótimo dia.

— E aprendeu alguma coisa? — perguntou o pai.

— Sim! — respondeu o garoto. — Aprendi que nossa casa tem janelas de ouro e diamantes.

Sono

WILLIAM WORDSWORTH

UM REBANHO de ovelhas passa devagar
Uma a uma; das abelhas o murmúrio
A chuva; a queda do rio, o vento e o mar,
Campos calmos, lençóis de água, o céu puro;

Divaguei sobre tudo, e deitado sigo
Desperto; e logo o canto dos passarinhos
Ouvirei, das árvores do pomar, nos ninhos,
E o primeiro choro do cuco amigo.

Ontem, anteontem, tresontonte assim
Não consegui vencê-lo, ó Sono! furtivo:
Me poupes esta noite, vem a mim:

Sem Ti como fica da manhã o incentivo?
Vem, bendita barreira entre os dias, enfim,
Pai amado da saúde e do pensamento vivo!

O diário de um ninguém *(fragmento)*

GEORGE & WEEDON GROSSMITH

INTRODUÇÃO DO SR. POOTER

Por que eu não deveria publicar meu diário? Tenho visto com frequência memórias de pessoas de quem nunca ouvi falar, e não consigo ver — porque não calho de ser um "Alguém" — por que meu diário não seria interessante. Meu único arrependimento é não tê-lo iniciado quando era jovem.

Charles Pooter.
The Laurels,
Brickfield Terrace,
Holloway.

I

Nos instalamos na casa nova, e decido manter um diário. Comerciantes são um incômodo, o raspador de sapatos também. O Pároco faz uma visita e me faz um grande elogio.

Minha querida esposa, Carrie, e eu estamos há uma semana na casa nova, "The Laurels", Brickfield Terrace, Holloway — uma bela residência de seis cômodos, sem contar o porão, com uma varanda para o café da manhã na frente. Temos um pequeno jardim frontal; e um lance de dez degraus leva até a porta, que, a propósito, mantemos trancada com a corrente. Cummings, Gowing e outros amigos íntimos sempre vêm até a pequena entrada lateral, o que poupa à criada o trabalho de ir até a porta da frente, tirando-a de seus afazeres. Temos também um pequeno jardim nos fundos que vai até a ferrovia. No início, ficamos com muito medo do barulho dos trens, mas o senhorio disse que depois de um tempo deixaríamos de percebê-los e descontou duas libras do aluguel. Ele tinha razão; e, à exceção da rachadura na base do muro do jardim, não sofremos nenhum inconveniente.

Após o trabalho na Cidade, gosto de ficar em casa. De que serve uma casa, se você nunca está lá? "Lar, doce lar", esse é o meu lema. Estou sempre em casa no fim da tarde. Nosso velho amigo, Gowing, pode aparecer sem cerimônia; Cummings também, que mora em frente. Minha querida esposa, Caroline, e eu ficamos felizes ao vê-los quando aparecem para uma visita. Mas Carrie e eu ficamos satisfeitos passando a noite juntos, sem amigos. Sempre há algo a ser feito: um prego a martelar, uma veneziana a desentortar, uma ventilação a consertar, o pedaço de um carpete a pregar no chão — tudo isso faço com o cachimbo na boca; e Carrie não hesita em pregar o botão de uma camisa, remendar uma fronha ou praticar "Sylvia Gavotte" em nosso piano novo (a ser pago em três anos), fabricado por W. Bilkson (em letras miúdas), da Collard and Collard (em letras garrafais). Também é um grande consolo para nós saber que nosso garoto Willie está indo tão bem no Banco em Oldham. Gostaríamos de vê-lo com mais frequência.

Agora, meu diário:

3 de abril — Comerciantes passaram para oferecer seus serviços, e prometi ao Farmerson, o vendedor de ferragens, dar-lhe uma chance se eu precisasse de pregos ou ferramentas. A propósito, isso me lembra de que a porta do nosso quarto não tem chave, e precisamos dar

uma olhada na campainha também. A sineta da sala está quebrada, e a campainha da porta da frente toca no quarto da criada, o que é ridículo. O caro amigo Gowing esteve aqui, mas não pôde ficar, disse que o cheiro de tinta estava infernal.

4 de abril — Comerciantes seguem batendo à porta; Carrie não estava, então fiz planos de ir até o Horwin, que parecia um açougueiro cortês com uma loja bonita e limpa. Pedi uma paleta de carneiro para amanhã, para testá-lo. Carrie negociou com Borset, o vendedor de manteiga, e pediu meio quilo de manteiga fresca, 750 gramas de sal para a cozinha, e um xelim em ovos. À noite, Cummings apareceu sem avisar para me mostrar um cachimbo de sepiolita que ganhou em uma rifa na Cidade, e me disse para manuseá-lo com cuidado, pois poderia danificar a cor se a mão estivesse úmida. Ele disse que não ia ficar, pois não gostava muito do cheiro de tinta, e tropeçou no raspador ao sair. Preciso tirar o raspador, ou as visitas é que vão *raspar* daqui. Não sou de fazer piadas.

5 de abril — Chegaram duas paletas de carneiro, pois Carrie tinha encomendado de outro açougueiro sem me consultar. Gowing fez uma visita e tropeçou no raspador ao entrar. *Preciso* tirar esse raspador.

6 de abril — Os ovos no café da manhã estavam simplesmente revoltantes; mandei devolver ao Borset com meus cumprimentos, e que ele não precisa mais oferecer seus produtos. Não consegui encontrar o guarda-chuva e, embora estivesse chovendo muito, tive de sair sem ele. Sarah disse que o Sr. Gowing deve ter levado por engano ontem à noite, pois havia uma bengala na entrada que não era de ninguém. À noite, ouvindo alguém falar alto com a criada no andar de baixo, saí para ver quem era, e fiquei surpreso ao ver que era Borset, o vendedor de manteiga, que estava bêbado e bélico. Borset, ao me ver, disse que preferia a forca a servir escriturários

da cidade novamente — não valia a pena. Contive as emoções e comentei calmamente que achava que era *possível* um escriturário ser um *cavalheiro*. Ele respondeu que ficava feliz ao escutar isso, e quis saber se eu já tinha cruzado com um, porque *ele* não tinha. E saiu batendo a porta, o que quase quebrou os painéis de vidro; e ouvi que ele tropeçou no raspador e caiu, o que me deixou contente por não o ter retirado ainda. Depois que ele foi embora, pensei em uma resposta magnífica que deveria ter dado. No entanto, vou guardá-la para outra ocasião.

7 de abril — Por ser sábado, estava ansioso para chegar em casa cedo e organizar algumas coisas, mas dois dos diretores se ausentaram por motivo de doença, e só cheguei em casa às 7 horas da noite. Encontrei Borset me esperando. Viera três vezes ao longo do dia para se desculpar por seu comportamento na noite anterior. Disse que não tinha conseguido folgar na última segunda-feira, mas conseguiu folgar ontem. Implorou que eu aceitasse seu pedido de desculpas e meio quilo de manteiga fresca. Ele parece, afinal, um sujeito decente; então encomendei ovos frescos, solicitando que nestas ocasiões eles estivessem *mesmo* frescos. Infelizmente teremos de comprar tapetes novos para a escada; os antigos não são largos o bastante para alcançar a pintura dos dois lados. Carrie sugeriu que alarguemos a pintura. Vou ver se encontro a cor (marrom-escuro) na segunda.

8 de abril, domingo — Depois da missa, o Pároco voltou conosco. Disse a Carrie que abrisse a porta da frente, que só usamos em ocasiões especiais. Ela não conseguiu abrir e, após toda a minha cerimônia, tive de levar o Pároco (cujo nome, aliás, não guardei) até a porta lateral. Ele prendeu o pé no raspador e rasgou a barra da calça. Muito desagradável, pois Carrie não podia se oferecer para consertá-la em um domingo. Após o almoço, fui dormir. Dei uma caminhada pelo jardim e descobri um belo local para plantar

agrião e rabanetes. Fomos à igreja mais uma vez à noite: voltamos com o Pároco. Carrie percebeu que ele estava com a mesma calça, apenas remendada. Ele quer que eu passe o cesto, o que considero um grande elogio.

II

Comerciantes e o raspador de sapatos ainda são um incômodo. Gowing está me irritando com as reclamações sobre a tinta. Fiz uma das melhores piadas da minha vida. Prazeres da jardinagem. O Sr. Stillbrook, Gowing, Cummings e eu tivemos um pequeno mal-entendido. Sarah me fez de idiota na frente do Cummings.

9 de abril — A manhã começou mal. O açougueiro, de quem decidimos *não* comprar, bateu à porta e me fez insultos desnecessários. Começou me ofendendo e dizendo que não me queria como cliente. Eu respondi apenas: "Então por que está fazendo todo esse estardalhaço?" E ele gritou, a plenos pulmões, para todos os vizinhos ouvirem: "Ah vá! 'Coisas' como o senhor eu consigo às dúzias!"

Fechei a porta e estava dizendo para Carrie que aquela cena vergonhosa era culpa dela quando alguém deu um chute violento na porta, forte o bastante para quebrar os painéis de vidro. Era o patife do açougueiro outra vez, dizendo que tinha cortado o pé no raspador, e que entraria com uma ação contra mim imediatamente. Passei no Farmerson, o ferreiro, a caminho da cidade, e o contratei para mudar o raspador e consertar a campainha, pois achei que não valia a pena incomodar o senhorio com uma questão tão insignificante.

Cheguei em casa cansado e preocupado. O Sr. Putley, o pintor e decorador que tinha enviado um cartão, disse que não tinha como replicar a cor da escada, pois a tinta continha carmim indiano. Disse que passou metade do dia atrás do corante. Sugeriu repintar a escada. Custaria um pouco a mais; se tentasse replicar a cor, não conseguiria um bom resultado. Seria mais satisfatório tanto para ele quanto para nós que o trabalho fosse bem-feito. Aceitei, mas fiquei com a sensação de ter sido enganado. Plantei agrião e rabanetes e fui para a cama às 9 horas da noite.

10 de abril — Farmerson veio cuidar pessoalmente do raspador. Parece um sujeito bastante civilizado. Disse que não costuma fazer trabalhos tão simples pessoalmente, mas que abriu uma exceção para mim. Agradeci e fui para a cidade. É uma vergonha que alguns dos escriturários jovens cheguem tão tarde. Disse a três deles que se o Sr. Perkupp, o diretor, ficasse sabendo, eles poderiam ser demitidos.

Pitt, um moleque de 17 anos que está conosco há seis semanas, disse para que eu "ficasse calminho!". Informei-o que tinha a honra de ter vinte anos de casa, ao que ele respondeu com insolência que "parecia mesmo". Olhei para ele indignado, e disse: "Exijo respeito, senhor." Ele respondeu: "Ótimo, continue exigindo." Não quis mais discutir com ele. Não se pode discutir com pessoas assim. À noite, Gowing fez uma visita e repetiu suas reclamações a respeito do cheiro de tinta. Gowing às vezes é bem enfadonho com seus comentários e nem sempre cauteloso; e Carrie certa vez teve de lembrá-lo de que ela estava presente.

11 de abril — O agrião e os rabanetes ainda não brotaram. Hoje foi um dia de chateações. Perdi o ônibus das 8h45 até a cidade, por ter ficado conversando com o garoto da mercearia, que pela segunda vez teve a pachorra de levar seu cesto até a porta, deixando marcas das botas sujas nos degraus recém-lavados. Ele disse que tinha ficado 15 minutos batendo à porta lateral. Eu sabia que Sarah, a empregada, não teria ouvido, pois estava no andar de cima arrumando os quartos, e perguntei ao garoto por que ele não tocou a campainha. Ele respondeu que tinha tentado, mas que a alça saiu em sua mão.

Cheguei ao escritório meia hora atrasado, algo que nunca me aconteceu antes. Nos últimos dias, os escriturários andavam chegando em horários irregulares, e o Sr. Perkupp, nosso diretor, infelizmente escolheu esta manhã para nos pegar de surpresa bem cedo. Alguém tinha avisado os demais. Como resultado, eu fui o único a chegar atrasado. Buckling, um dos escriturários mais antigos, interveio a meu favor e me salvou. Quando passei pela mesa do Pitt, ele comentou com o vizinho: "Que vergonha que os responsáveis cheguem tarde!" Estava, é lógico, falando de mim. Tratei o comentário com silêncio, lançando-lhe apenas um olhar, o que infelizmente fez com que os dois rissem. Depois, pensei que teria sido mais digno se eu tivesse fingido não ouvir. Cummings veio à noite e jogamos dominó.

12 de abril — O agrião e os rabanetes ainda não brotaram. Deixei Farmerson arrumando o raspador, mas quando cheguei em casa encontrei três homens trabalhando. Perguntei o que significava aquilo, e Farmerson disse que ao fazer um buraco novo ele tinha acertado o cano de gás. Disse que era um lugar ridículo para colocar o cano de gás, e que o homem que fez aquilo evidentemente não sabia nada sobre o trabalho. Sua desculpa não me consolou em nada em relação às despesas com as quais eu teria de arcar.

À noite, depois do chá, Gowing apareceu e fumamos juntos na varanda. Carrie se juntou a nós mais tarde, mas não ficou por muito tempo, dizendo que a fumaça era demais para ela. Era quase demais para mim também, pois Gowing trouxe o que chamou de "charuto verde", que seu amigo Shoemach tinha acabado de trazer dos Estados Unidos. O charuto não parecia verde, mas imagino que eu tenha ficado dessa cor. Após ter fumado pouco mais que a metade me senti obrigado a me retirar com o pretexto de pedir à Sarah que trouxesse os copos.

Dei três ou quatro voltas no jardim, sentindo que precisava de ar puro. Quando voltei, Gowing percebeu que eu não estava fumando:

me ofereceu outro charuto, ao qual recusei com educação. Gowing começou a fungar, como de costume, então, me adiantando, eu disse: "Você não vai reclamar de novo do cheiro de tinta?" Ele respondeu: "Não, desta vez não. Mas vou lhe dizer uma coisa: estou sentindo cheiro de madeira podre." Não sou de fazer piadas, mas respondi: "Quem parece estar ficando *podre* é você." Não me contive, caí na gargalhada, e Carrie disse que estava com a barriga doendo de tanto rir. Nunca ri tanto de algo que eu mesmo disse antes. Cheguei a acordar duas vezes de madrugada e rir até a cama balançar.

13 de abril — Uma coincidência extraordinária: Carrie chamou uma mulher para fazer umas capas de chita para as cadeiras e o sofá da sala de estar, para evitar que o sol desbote o verde dos móveis. Assim que a vi, reconheci a mulher que trabalhava anos atrás para minha velha tia em Clapham. Veja só como este mundo é pequeno.

14 de abril — Passei a tarde toda no jardim, após ter comprado pela manhã em uma banca, por uma pechincha e em bom estado, um livro sobre *Jardinagem*. Comprei e plantei sementes de algumas plantas sazonais, formando uma barreira que ficará ótima ao sol. Pensei em uma piada e chamei Carrie. Ela saiu um pouco irritada, me pareceu. Eu disse: "Acabei de descobrir que estamos cercados." Ela respondeu: "Como assim?" Eu disse: "Veja essa *cerca*-viva." Carrie disse: "Foi para isso que me chamou?" Eu disse: "Em outra ocasião você teria rido do meu gracejo." Carrie disse: "Certamente... *em outra ocasião*, não quando estou ocupada com a casa." A escada ficou muito bonita. Gowing veio, e disse que a escada ficou *boa*, mas que *não combinava* com o corrimão, e sugeriu uma demão de tinta, e Carrie concordou. Fui até o Putley, e felizmente ele não estava. Então tive uma boa desculpa para abrir *mão* da *demão* de tinta no *corrimão*. Achei graça.

A espada

ANDREW LANG

Há muito, muito tempo, após a morte de Uther Pendragon, não havia rei na Grã-Bretanha, e todo cavaleiro esperava tomar a coroa para si. O país estava mal das pernas, as leis eram desrespeitadas por toda parte, e o milho que deveria colocar pão na mesa do povo era pisado, e não havia ninguém para submeter o malfeitor à justiça. Então, quando tudo estava em seu momento mais nefasto, apareceu Merlin, o mago, que cavalgou ligeiro até o lugar onde morava o arcebispo de Canterbury. E eles conversaram e concordaram que todos os senhores e cavalheiros da Grã-Bretanha deviam se encontrar em Londres no Dia do Natal, que se aproximava, na Grande Igreja. E assim fizeram. E na manhã de Natal, ao sair da igreja, viram no adro uma pedra grande. E sobre ela, uma barra de aço, e cravada no aço uma espada, sobre a qual estava escrito, em letras douradas: "Quem sacar esta espada é o legítimo rei da Inglaterra." Ficaram espantados com essas palavras e chamaram o arcebispo, e o levaram até o local onde ficava a pedra. Os cavaleiros que desejavam a coroa não conseguiram se conter, e puxaram a espada com toda a força; mas ela nem se mexeu. O arcebispo assistiu em silêncio, e quando ficaram fracos de tanto puxar, falou:

— Não está aqui o homem que há de sacar a espada, e não sei onde encontrá-lo. Mas eis meu conselho: que dois cavaleiros sejam escolhidos, homens bons e verdadeiros, para vigiá-la.

E assim o fizeram. Mas os senhores e guardas exclamaram que todo homem tinha o direito de tentar sacar a espada e decidiram que no Ano-Novo fariam um torneio, e o cavaleiro que assim desejasse poderia participar.

Então, no Ano-Novo, os cavaleiros, como era de costume, foram à cerimônia na Grande Igreja, e depois se encontraram no campo para se preparar para o torneio. Entre eles havia um valente cavaleiro chamado Sir Ector, que trouxera consigo Sir Kay, seu filho, e Arthur, irmão de criação de Kay. Kay desembainhara a espada na noite anterior e, na pressa de ir para o torneio, esquecera-se de guardá-la novamente, e implorou a Arthur que voltasse para buscá-la. Mas quando Arthur chegou, a porta da casa estava trancada, pois as mulheres tinham ido assistir ao torneio e, embora tivesse tentado com todas as forças, Arthur não conseguiu entrar. E voltou cavalgando com muita raiva, dizendo a si mesmo:

— Kay não ficará sem espada hoje. Pegarei a espada do adro da igreja e entregarei a ele.

E ele cavalgou rápido até o portão da igreja. Ali saltou e amarrou o cavalo a uma árvore, então, correndo até a pedra, agarrou o cabo da espada, e sacou-a com facilidade. Voltou a montar o cavalo e entregou a espada a Sir Kay. No momento em que Sir Kay viu a espada, soube que não era a sua, mas a espada da pedra, e procurou seu pai, Sir Ector, e disse-lhe:

— Sir, esta é a espada da pedra, portanto eu sou o legítimo rei.

Sir Ector não respondeu, mas fez sinal para que Kay e Arthur o seguissem, e os três voltaram até a igreja. Deixando os cavalos do lado de fora, entraram na galeria e lá Sir Ector pegou um livro sagrado e ordenou a Sir Kay que contasse, em juramento, como conseguiu a espada.

— Meu irmão Arthur me entregou — respondeu Sir Kay.

— Como a conseguiu? — perguntou Sir Ector, virando-se para Arthur.

— Sir — disse Arthur —, quando voltei para casa para buscar a espada de meu irmão não encontrei ninguém lá, e ao decidir que ele não poderia ficar sem espada pensei na espada da pedra, e a saquei.

— Algum cavaleiro estava presente quando isso aconteceu? — perguntou Sir Ector.

— Não, nenhum — respondeu Arthur.

— Então, você — disse Sir Ector — é o legítimo rei desta terra.

— Mas por que sou eu o rei? — questionou Arthur.

— Porque — respondeu Sir Ector — a espada é encantada, e apenas o homem que nasceu rei poderia sacá-la. Assim, coloque-a novamente na pedra, quero ver você tirá-la de lá.

— Assim seja — disse Arthur, recolocando a espada, e o próprio Sir Ector tentou sacá-la, mas não conseguiu.

— Agora é a sua vez — disse a Sir Kay, mas Sir Kay não se saiu melhor que o pai, embora puxasse com toda a força. — Agora você, Arthur.

E Arthur sacou-a com facilidade, como se estivesse em sua bainha, e neste momento Sir Ector e Sir Kay ajoelharam-se diante dele.

— Por que meu pai e meu irmão ajoelham-se diante de mim? — perguntou Arthur, surpreso.

— Não, milorde — respondeu Sir Ector. — Nunca fui seu pai, embora até este dia eu não soubesse quem ele era de verdade. Você é filho de Uther Pendragon e foi trazido até mim quando nasceu pelo próprio Merlin, que prometeu que, quando chegasse a hora, eu conheceria sua origem. E agora ela me foi revelada.

Mas ao ouvir que Sir Ector não era seu pai, Arthur derramou lágrimas amargas.

— Se eu sou o rei — finalmente disse —, quero saber o que deseja e não vou decepcioná-lo. Pois para o senhor, e para minha senhora e mãe, devo mais que a qualquer pessoa no mundo, pois ela me amou e me tratou como se fosse seu filho.

— Sir — respondeu Sir Ector —, peço apenas que faça de seu irmão de criação, Sir Kay, senescal de todas as nossas terras.

— Farei isso sem demora — respondeu Arthur — e, enquanto eu viver, ninguém mais assumirá esse posto.

Sir Ector então ordenou que procurassem o arcebispo com ele, e contaram-lhe tudo o que acontecera com a espada, que Arthur deixara na pedra. E no Dia de Reis, os cavaleiros e barões voltaram, mas ninguém além de Arthur conseguiu sacar a espada. Ao ver isso, muitos dos barões ficaram irritados e exclamaram que jamais teriam como rei um garoto cujo sangue não era melhor que o seu. Então, ficou acordado que esperariam até a Candelária, quando mais cavaleiros estariam presentes, e enquanto isso os mesmos dois homens vigiariam a espada noite e dia; mas no dia da Candelária tudo se repetiu, e mais uma vez na Páscoa. E quando chegou Pentecostes, o povo que estava presente e viu Arthur sacar a espada, clamou a uma só voz que ele era seu rei, e que matariam qualquer um que dissesse o contrário. E ricos e pobres caíram de joelhos diante dele, e Arthur sacou a espada e a ofereceu sobre o altar onde estava o arcebispo, e o melhor homem que estava presente fez dele um cavaleiro. Depois disso, a coroa foi colocada em sua cabeça, e ele jurou aos senhores e ao povo que seria um verdadeiro rei, e lhes faria justiça todos os dias de sua vida.

O cansaço de Rosabel

KATHERINE MANSFIELD

Na esquina da Oxford Circus, Rosabel comprou um ramo de violetas, e essa foi basicamente a razão pela qual ela bebeu tão pouco chá — pois um bolinho, um ovo cozido e uma xícara de chocolate na Lyons não são suficientes após um dia duro de trabalho em uma chapelaria. Ao subir o degrau do ônibus, segurando a saia com uma das mãos e se agarrando à barra com a outra, Rosabel pensou que daria a alma por um bom jantar — pato assado e ervilhas, com recheio de castanhas, pudim com calda de conhaque —, algo quente, forte e nutritivo. Sentou-se ao lado de uma garota que parecia ter a mesma idade que ela e estava lendo *Anna Lombard* em uma edição barata de capa mole, e a chuva tinha respingado nas páginas. Rosabel olhou pela janela; a rua parecia borrada e enevoada, mas a luz que batia na vidraça transformava a opacidade em opala e prata, e as joalherias vistas através desse filtro eram castelos de fadas. Seus pés estavam terrivelmente molhados, e ela sabia que a barra da saia e da anágua estariam cobertas de lama preta e pegajosa. O cheiro quente de pessoas era nauseante — parecia emanar de todos que estavam no ônibus — e todos tinham a mesma expressão, sentados tão quietos, olhando para a frente. Quantas vezes lera aqueles anúncios — "Sapólio economiza tempo, economiza trabalho", "Molho de tomate Heinz", e o diálogo fútil e irritante entre médico e juiz a respeito dos méritos da "Solução salina Lamplough". Olhou para o livro que a garota lia com tanta atenção, balbuciando as palavras de um jeito que Rosabel detestava, lambendo o indicador e o polegar sempre que virava a página. Ela não enxergava muito bem; era alguma coisa sobre uma noite quente e voluptuosa, uma banda tocando e uma garota com ombros encantadores. Ah, céus! Rosabel se agitou de repente e abriu os dois primeiros botões do casaco... estava quase sufocando. Através de seus olhos semicerrados, toda a fileira oposta de pessoas sentadas pareceu se dissolver em um único rosto pueril que a encarava...

E chegou sua esquina. Ela tropeçou um pouco ao sair e cambaleou para cima da garota ao lado.

— Perdão — disse Rosabel, mas a garota nem levantou o olhar. Rosabel viu que ela estava sorrindo enquanto lia.

Westbourne Grove era como ela sempre imaginava Veneza à noite: misteriosa, escura, até mesmo as charretes eram como gôndolas subindo e descendo, e as luzes deixando rastros vívidos — línguas de fogo lambendo a rua úmida —, peixes mágicos nadando no Grande Canal. Ficou muito satisfeita ao chegar à Richmond Road, mas, desde a esquina até chegar ao número 26, ficou pensando nos quatro lances de escada. Ah, por que quatro lances?! Era criminoso esperar que as pessoas morassem em andares tão altos. Toda casa devia ter elevador, algo simples e barato, ou uma escada rolante como a de Earl's Court — mas quatro lances! Quando chegou ao hall de entrada e viu o primeiro lance à sua frente e a cabeça de albatroz empalhada no patamar, reluzindo como um fantasma à luz do pequeno lampião a gás, quase chorou. Bom, era preciso encará-los; era como subir uma colina íngreme de bicicleta, mas sem a satisfação de descer do outro lado...

Seu quarto, finalmente! Ela fechou a porta, acendeu o lampião, tirou o chapéu e o casaco, a saia, a camisa, pegou o velho roupão de flanela de trás da porta, vestiu-o e desamarrou as botas — pensando bem, as meias não estava tão molhadas assim para serem trocadas. Foi até o lavatório. O jarro não fora enchido de novo. Havia apenas água suficiente para molhar a esponja, e o esmalte da bacia estava descascando — era a segunda vez que ela arranhava o queixo.

Eram só 7 horas da noite. Se abrisse a veneziana e apagasse o lampião, ficaria muito mais agradável — Rosabel não queria ler. Então, ajoelhou-se no chão, apoiando os braços no parapeito da janela... uma única folha de vidro entre ela e o grande mundo úmido lá fora!

Começou a pensar em tudo o que acontecera durante o dia. Será que algum dia esqueceria aquela mulher horrível de capa de chuva cinza que queria uma boina adornada — "algo roxo com algo rosado de cada lado" — ou a garota que experimentara todos os chapéus da loja e dissera que "voltaria amanhã para decidir"? Rosabel não pôde conter o riso; a desculpa era tão esfarrapada...

Mas teve mais uma — uma garota com belos cabelos ruivos, pele branca e olhos da cor daquela fita verde com detalhes dourados que receberam de Paris na semana anterior. Rosabel viu seu carro elétrico lá fora; um homem entrou com ela, bastante jovem e muito bem-vestido.

— O que eu quero exatamente, Harry? — disse ela, enquanto Rosabel tirava os alfinetes do seu chapéu, desamarrava-lhe o véu e entregava-lhe um espelho de mão.

— Você precisa de um chapéu preto — respondeu ele. — Um chapéu preto com uma pena que faça a volta nele e depois em seu pescoço e termine em um laço sob seu queixo, e cuja ponta fique presa em seu cinto... uma pena de tamanho decente.

A garota olhou para Rosabel, rindo:

— Você tem algum chapéu assim?

Foi muito difícil agradar os dois: Harry exigia o impossível e Rosabel quase entrou em desespero. Então, lembrou-se das caixas grandes e intocadas que ficavam no andar de cima.

— Ah, um instante, madame — disse. — Acho que talvez eu possa mostrar-lhe algo que vai agradá-la mais.

Ela subiu correndo, sem fôlego, cortou os barbantes, espalhou o papel de seda e, sim, ali estava o chapéu — bastante grande, macio, com uma pena grande enrolada, e uma rosa de veludo preto, nada mais. Ficaram encantados. A garota experimentou o chapéu e depois devolveu-o a Rosabel.

— Quero ver como fica em você — disse, franzindo um pouco a testa, muito séria.

Rosabel virou-se para o espelho e colocou o chapéu sobre o cabelo castanho, então voltou a ficar de frente para eles.

— Ah, Harry, não é encantador? — exclamou a garota. — Preciso desse chapéu! — Voltou a sorrir para Rosabel. — Cai muito bem em você.

Uma sensação repentina e ridícula de raiva tomou conta de Rosabel. Ela queria jogar o objeto encantador e frágil na cara da garota, e virou o chapéu, corada.

— O acabamento interno é primoroso, madame — disse.

A garota saiu em direção ao carro, e deixou Harry para pagar e levar a caixa.

— Vou direto para casa colocá-lo antes de sair para almoçar com você. — Rosabel ouviu a garota dizer.

O homem se inclinou sobre ela enquanto ela preenchia a nota, então, contando o dinheiro na mão dela:

— Já foi retratada? — perguntou.

— Não — respondeu Rosabel, brevemente, percebendo a mudança no tom de voz dele, um leve toque de insolência, de intimidade.

— Ah, bom, pois devia ser — disse Harry. — Tem traços tão belos.

Rosabel mal ouviu. Como ele era charmoso! Não pensara em mais ninguém o dia todo. Seu rosto a deixara fascinada; via com nitidez suas sobrancelhas elegantes e retas e o cabelo penteado para trás, suscitando a mais ligeira suspeita de cachos, a boca risonha, desdenhosa. Viu mais uma vez suas mãos delgadas contando o dinheiro e colocando na dela... de repente Rosabel tirou o cabelo do rosto, sua testa estava quente... se aquelas mãos delgadas pudessem descansar por um instante... que garota de sorte!

Suponha que trocassem de lugar. Rosabel iria para casa com ele, é óbvio que estariam apaixonados, mas não noivos. Quase. E ela diria:

— Já volto.

Ele esperaria no carro enquanto a empregada levava a caixa do chapéu até o andar de cima, atrás de Rosabel, até o grande quarto branco e rosa com flores por toda parte em vasos de prata. Ela se sentaria em frente ao espelho e a criada francesa prenderia seu chapéu, procuraria um véu fino e elegante e outro par de luvas brancas de camurça — caíra um botão das que ela usara naquela manhã. Ela sentiu o cheiro das peles, das luvas e do lenço, pegou um regalo e desceu as escadas correndo. O mordomo abriu a porta, Harry estava esperando, e eles saíram juntos... *Aquilo*, sim, era vida, pensou Rosabel! A caminho da Carlton, eles pararam no Gerard. Harry comprou ramos de violetas de Parma para ela, enchendo sua mão de flores.

— Ah, como são doces! — ela disse, levando as flores ao rosto.

— Você deveria estar sempre assim — respondeu Harry —, com as mãos cheias de violetas.

(Rosabel percebeu que seus joelhos estavam ficando rígidos; sentou-se no chão e recostou a cabeça na parede.) Ah, aquele almoço! A mesa coberta de flores, uma banda escondida atrás de um bosque de palmeiras tocando uma música que fazia seu sangue ferver como o vinho — a sopa, ostras, pombos, batatas cremosas, champanhe, é lógico, e depois café e cigarros. Ela se apoiaria na mesa tamborilando a taça com uma das mãos, falando com aquela alegria encantadora que Harry tanto amava. Depois, uma matinê, algo que cativasse ambos, e então chá no "Cottage".

— Açúcar? Leite? Creme?

As perguntinhas simples sugeriam uma intimidade alegre. E voltariam para casa ao anoitecer, com o perfume das violetas de Parma inundando o ar com sua doçura.

— Venho às 9 da noite — disse ele quando a deixou.

A lareira estava acesa, as cortinas fechadas, havia uma pilha de cartas esperando por ela — convites para a ópera, jantares, bailes, um fim de semana à beira do rio, um passeio de carro —, ela deu uma olhada com indiferença enquanto subia as escadas para se vestir. A lareira estava acesa em seu quarto também e o vestido belo e reluzente estava estendido sobre a cama — tule branco e prateado, sapatos prateados, lenço prateado, um pequeno leque prateado. Rosabel sabia que era a mulher mais famosa do baile naquela noite; os homens prestavam-lhe homenagens, um príncipe estrangeiro desejava ser apresentado àquela maravilha inglesa. Sim, era uma noite agradável, a banda tocando, e *seus* lindos e delicados ombros...

Mas ficou muito cansada. Harry a levou para casa e entrou com ela só por um instante. A lareira estava apagada na sala de estar, mas a criada sonolenta esperava por ela em seus aposentos. Ela tirou a capa, dispensou a criada e foi até a lareira, e ficou ali em pé, tirando as luvas; a luz do fogo iluminava seus cabelos, Harry veio até ela e a pegou em seus braços:

— Rosabel, Rosabel, Rosabel...

Ah, o paraíso que eram aqueles braços, e ela estava muito cansada.

(A verdadeira Rosabel, a garota agachada no chão no escuro, riu alto e levou a mão à boca.)

É lógico que cavalgaram no parque na manhã seguinte, o noivado anunciado no *Court Circular*, o mundo todo sabia, o mundo todo a cumprimentava...

Casaram-se logo depois na St. George's, Hanover Square, e foram de carro até a antiga casa da família de Harry para a lua de mel. Os camponeses do vilarejo fizeram reverências quando eles passaram;

sob o cobertor, ele apertava as mãos dela sem parar. E naquela noite ela vestiu mais uma vez o vestido branco e prata. Estava cansada depois da viagem e subiu para se deitar... bastante cedo...

A verdadeira Rosabel levantou-se do chão e tirou a roupa devagar, dobrando-a no encosto de uma cadeira. Deslizou pela cabeça a camisola grosseira de chita e tirou os grampos do cabelo — a torrente macia e castanha caiu calorosa sobre ela. Então, ela apagou a vela e tateou a cama até se deitar, puxando as cobertas e a colcha "favo de mel" encardida até o pescoço, aconchegando-se na escuridão...

E dormiu e sonhou, e sorriu enquanto sonhava, e jogou o braço para sentir algo que não estava ali, ainda sonhando.

E a noite passou. Logo os dedos frios do amanhecer desceram sobre sua mão descoberta; a luz cinzenta inundou o quarto sombrio. Rosabel estremeceu, resfolegou levemente, se sentou. E porque sua herança era aquele otimismo trágico, que com frequência é a única herança da juventude, ainda meio adormecida, sorriu, com um leve tremor nervoso em volta da boca.

Nuvens

CHRISTINA ROSSETTI

Ovelhinha, ovelhinha,
Em cima da colina,
Quando o vento para,
Fica paradinha.
Quando o vento sopra,
Devagar você sai.
Ovelhinha, ovelhinha,
Para onde você vai?

Beldades

ANTON TCHEKHOV

I

Eu me lembro, quando era um garotinho na quinta ou sexta série, e estava indo com meu avô da vila de Bolshoe Kryepkoe, na região do Dom, até Rostov do Dom. Era um dia abafado e languidamente sombrio de agosto. Nossos olhos estavam colados, e nossa boca ressecada pelo calor e pelo vento seco e ardente que trazia nuvens de poeira ao nosso encontro. Ninguém queria olhar ou falar ou pensar e, quando o condutor sonolento, um homem russo baixinho chamado Karpo, brandiu o chicote para acertar os cavalos e atingiu meu chapéu, não protestei nem proferi um único som, despertando do quase sono — apenas olhei sem vontade o horizonte para ver se havia algum vilarejo visível em meio à poeira. Paramos para alimentar os cavalos em um grande povoado armênio na casa de um homem rico que meu avô conhecia. Nunca na vida vi alguém mais caricatural que aquele homem armênio. Imagine uma cabecinha raspada com sobrancelhas grossas e salientes, um nariz adunco, bigode comprido e grisalho, e uma boca larga com um chibuque de cerejeira pendendo. Essa cabecinha estava presa de um jeito desajeitado a uma carcaça esguia e corcunda, trajando vestes fantásticas, um paletó vermelho curto e calças azul-vivo. A figura caminhava montada nas pernas e arrastando os chinelos, falava sem tirar o chibuque da boca e se comportava com verdadeira dignidade armênia, sem sorrir, mas com olhos bem abertos e tentando chamar o mínimo de atenção de seus hóspedes.

Não havia vento nem poeira nos aposentos armênios, mas eram tão desagradáveis, sufocantes e sombrios quanto a estepe e a estrada. Eu me lembro, empoeirado e exausto de calor, de que me sentei em uma caixa verde no canto. As paredes de madeira sem pintar, os móveis e o piso amarelo-ocre cheiravam a madeira ressecada e castigada pelo sol. Para onde quer que eu olhasse, havia moscas e mais moscas... Meu avô e o armênio conversavam sobre pastagem, esterco e grãos... Eu sabia que demoraria pelo menos uma hora até que recebessem o samovar; que meu avô não demoraria menos de uma hora para beber o chá, e depois se deitaria para dormir por duas ou três horas; que eu perderia um quarto do dia esperando, e então o calor, a poeira, a carruagem sacolejando voltariam. Eu ouvia o murmúrio das duas vozes, e me parecia que eu estava vendo o armênio, o armário com as louças, as moscas, as janelas com o sol ardente batendo, há séculos e séculos, e só deixaria de vê-los em um futuro distante, e fui tomado pelo ódio da estepe, do sol, das moscas...

Uma pequena camponesa russa que usava um lenço trouxe uma bandeja com coisas para o chá e, em seguida, o samovar. O armênio foi lentamente até a entrada e gritou:

— Mashya, venha servir o chá! Onde você está, Mashya?

Passos apressados ressoaram seguidos da entrada de uma garota de 16 anos com um vestido de algodão simples e um lenço branco. Enquanto lavava a louça e servia o chá, ficou de costas para mim, e só pude ver que era uma figura esguia, estava descalça e que seus calcanhares descalços estavam cobertos por calças compridas.

O armênio me convidou para tomar chá. Sentando-me à mesa, olhei para a garota, que me entregava uma xícara de chá, e, de repente,

tive a sensação de que um vento soprava minha alma e lançava longe todas as impressões do dia com sua poeira e melancolia. Vi os traços fascinantes do rosto mais belo que já vi na vida real ou nos sonhos. Diante de mim estava uma beldade, e reconheci isso ao primeiro olhar como teria reconhecido um relâmpago.

Estou disposto a jurar que Masha — ou, como o pai a chamava, Mashya — era uma verdadeira beldade, mas não sei como provar. Às vezes, acontece de as nuvens se amontoarem desordenadas no horizonte, e o sol escondido atrás delas colorir nuvens e céu com matizes de todos os tons possíveis — carmesim, laranja, dourado, lilás, marrom rosado. Uma nuvem parece um monge; outra, um peixe; uma terceira, um turco de turbante. O brilho do pôr do sol envolvendo um terço do céu reluz na cruz da igreja, cintila nas janelas do solar, se reflete no rio e nas poças, tremula nas árvores; a distância, com o pôr do sol como pano de fundo, uma revoada de patos selvagens voa para casa... E o garoto pastoreando as vacas, e o agrimensor conduzindo sua carruagem sobre a represa, e o cavalheiro fazendo uma caminhada, todos assistem ao pôr do sol, e todos veem uma beleza tremenda, mas nenhum deles sabe dizer em que consiste essa beleza.

Não fui o único a considerar a garota armênia bela. Meu avô, um senhor de 70 anos, rude e indiferente às mulheres e às beldades da natureza, ficou um minuto inteiro olhando para Masha com carinho e perguntou:

— É sua filha, Avert Nazaritch?

— Sim, é minha filha — respondeu o armênio.

— Uma bela jovem — disse meu avô, em tom de aprovação.

Um artista teria chamado a beleza da garota armênia de clássica e austera, era aquela beleza exata, que ao ser contemplada — só Deus sabe por quê! — inspira a convicção de que o que se vê são traços corretos; de que cabelo, olhos, nariz, boca, pescoço, peito e cada movimento do corpo jovem se combinam em um acorde harmonioso e completo no qual a natureza não errou na menor das linhas. Imaginamos, por algum motivo, que a mulher de beleza ideal tem um nariz como o de Masha, reto e ligeiramente aquilino, olhos tão grandes e escuros, cílios tão compridos, olhar tão lânguido quanto o dela; imaginamos que o cabelo escuro e cacheado e as sobrancelhas combinam com o tom branco e suave de sua fronte e suas bochechas, assim como os juncos verdejantes combinam com o riacho tranquilo. O pescoço branco de Masha e seu peito jovem não estavam plenamente desenvolvidos, mas imaginamos que o escultor precisaria de um gênio criativo grandioso para moldá-los. Olhamos e, pouco a pouco, somos tomados pelo desejo de dizer a Masha algo extraordinariamente agradável, sincero, tão belo quanto ela.

De início, fiquei magoado e envergonhado por Masha não ter reparado em mim, mas ficado o tempo todo olhando para baixo; me parecia que uma atmosfera peculiar, de orgulho e felicidade, a separava de mim e, ciumenta, a protegia de meu olhar.

"É porque estou coberto de poeira", pensei. "E queimado de sol, e porque ainda sou um garoto."

Mas, aos poucos, fui me esquecendo de mim mesmo e me entreguei plenamente à consciência da beleza. Já não pensava mais na estepe sombria, na poeira, não ouvia mais o zumbido das moscas, não sentia mais o sabor do chá, não sentia mais nada além do fato de uma bela garota estar do outro lado da mesa.

Sentia essa beleza de um jeito um pouco estranho. Não foi desejo, nem êxtase, nem alegria que Masha despertou em mim, mas uma tristeza dolorosa, embora agradável. Era uma tristeza vaga e indefinida como um sonho. Por algum motivo senti pena de mim mesmo, de meu avô e do homem armênio, até da própria garota, e tive a sensação de que nós quatro tínhamos perdido algo importante e essencial à vida que nunca mais encontraríamos. Meu avô, também, foi ficando melancólico. Não falava mais sobre o esterco ou os grãos, mas ficou em silêncio, olhando para Masha, pensativo.

Depois do chá, meu avô se deitou para um cochilo, e eu saí para a varanda. A casa, como todas as casas do povoado armênio, ficava ao sol — não havia nenhuma árvore, nenhum toldo, nenhuma sombra. O pátio do homem armênio, coberto de pé-de-ganso e malva-silvestre, era animado e alegre apesar do calor. A debulha acontecia atrás de uma das cercas baixas que cruzavam o pátio aqui e ali. Ao redor de um poste enfiado no meio da eira corria uma dúzia de cavalos atrelados lado a lado, formando um raio comprido. Um homem russo baixinho de colete longo e calças compridas caminhava ao lado deles, estalando um chicote e gritando em um tom que fazia parecer que estava zombando dos cavalos e exibindo seu poder sobre eles.

— Ah... ah... ah, seus brutos! Ah... ah... ah, que a peste os carregue! Estão com medo?

Os cavalos, alazões brancos e malhados, sem entender por que eram obrigados a correr em círculos e esmagar a palha do trigo, corriam contra a vontade como se fizessem esforço, balançando o rabo com ares de ofendidos. O vento levantava nuvens perfeitas de palha dourada sob seus cascos e as carregava para além das cercas. Perto das pilhas altas e frescas, fervilhavam camponesas com ancinhos, carroças se movimentavam, e, além das pilhas, em outro pátio, outra dúzia de cavalos parecidos corria ao redor de um poste, e um russo baixinho parecido estalava o chicote e zombava dos cavalos.

Os degraus onde eu estava sentado estavam quentes; no corrimão fino, e aqui e ali, no caixilho das janelas, a seiva escorria da madeira com o calor; joaninhas vermelhas se amontoavam nas faixas de sombra sob os degraus e as venezianas. O sol queimava minha cabeça, meu peito e minhas costas, mas não percebi, atento apenas ao ruído surdo dos pés descalços no piso irregular do corredor e dos cômodos atrás de mim. Depois de limpos os utensílios do chá, Masha desceu os degraus correndo, agitando o ar ao passar, e como um pássaro voou para dentro de um anexo encardido — imagino que a cozinha — de onde vinha o aroma de carneiro assado e o som de conversas intensas em armênio. Ela desapareceu na entrada escura, e em seu lugar sob o batente apareceu uma velha armênia corcunda, com o rosto vermelho e vestindo calças verdes. A velha estava irritada, repreendendo alguém. Logo depois, Masha apareceu à porta, corada pelo calor da cozinha e carregando um pão preto grande no ombro; balançando com graça sob o peso do pão, ela atravessou o quintal até a eira, saltou sobre a cerca e, envolta por uma nuvem de poeira dourada, desapareceu atrás das carroças. O russo baixinho que guiava os cavalos abaixou o chicote, mergulhou no silêncio e ficou um minuto olhando na direção das carroças. Então, quando a garota armênia disparou novamente entre os cavalos e saltou sobre a cerca, ele a seguiu com os olhos, e gritou com os cavalos como se estivesse extremamente decepcionado:

— Que a peste os carregue, demônios imundos!

E o tempo todo ouvi seus pés descalços, e a vi atravessar o quintal com o rosto sério e preocupado. E ora ela descia os degraus correndo, agitando o ar ao meu redor, ora corria para a cozinha, ora para a eira, ora saía pelo portão, e eu mal conseguia virar a cabeça rápido o bastante para vê-la.

E quanto mais ela passava por mim com sua beleza, mais aguda ficava minha tristeza. Eu sentia pena tanto dela quanto de mim e do russo baixinho, que a observava com tristeza sempre que ela atravessava a nuvem de poeira dourada até as carroças. Talvez fosse inveja de sua beleza, ciúme por ela não ser minha, e porque jamais seria, ou porque eu era um estranho para ela; ou porque eu sentia vagamente que sua beleza rara era acidental, desnecessária e, como tudo na terra, passageira; ou porque, talvez, minha tristeza fosse aquele sentimento peculiar que desperta em um homem ao contemplar a real beleza, só Deus sabe.

As três horas de espera se passaram sem que eu percebesse. Parecia que eu não tinha tido tempo o suficiente para observar Masha quando

Karpo foi até o rio, banhou os cavalos e começou a colocá-los nos arreios. Karpo gritou para os cavalos:

— Para trás!

Meu avô acordou. Masha abriu os portões barulhentos para nós, entramos na carruagem e saímos do quintal. Ficamos em silêncio como se estivéssemos irritados um com o outro.

Quando, duas ou três horas depois, Rostov e Nahitchevan apareceram ao longe, Karpo, que tinha ficado o tempo todo em silêncio, olhou ao redor rapidamente e disse:

— Bela moça, aquela do armênio.

E açoitou os cavalos.

II

Em outro momento, quando eu já era estudante, estava viajando de trem para o sul. Era maio. Em uma das estações, acredito que entre Belgorod e Carcóvia, desci do vagão para caminhar pela plataforma.

As sombras da noite já se deitavam sobre o jardim da estação, a plataforma e os campos. A estação escondia o pôr do sol, mas por entre as nuvens mais altas formadas pela fumaça do motor, coloridas pela luz rosada, dava para ver que o sol ainda não tinha desaparecido.

Caminhando pela plataforma, percebi que a maioria dos passageiros estava em pé ou caminhando perto de um vagão da segunda classe, e que sua expressão era de que havia alguém importante naquele vagão. Entre os curiosos que encontrei perto desse vagão, vi, no entanto, um oficial de artilharia que era meu companheiro de viagem, um sujeito inteligente, cordial e simpático — como costumam ser as pessoas que conhecemos ao acaso em viagens e com quem não passamos muito tempo.

— O que estão olhando ali? — perguntei.

Ele não respondeu, apenas indicou com os olhos uma figura feminina. Era uma jovem de 17 ou 18 anos, com um vestido russo, a cabeça descoberta e um pequeno xale jogado sobre um dos ombros; não era passageira, e suspeitei que fosse irmã ou filha do chefe da estação. Ela estava em pé próximo à janela do vagão, conversando com uma senhora que estava no trem. Antes que eu pudesse perceber o que estava vendo, fui tomado, de repente, pela sensação que experimentei no povoado armênio.

A garota era de uma beleza extraordinária, e isso estava evidente para mim e para os que como eu olhavam para ela.

Descrevendo sua aparência traço a traço, como dita o costume, o aspecto que era realmente adorável era seu cabelo loiro espesso e ondulado, que caía solto com um laço preto amarrado na cabeça; todas as outras características eram assimétricas ou comuns. Por um coquetismo peculiar, ou por miopia, seus olhos estavam semicerrados, o nariz tinha uma inclinação indecisa, a boca era pequena, o perfil era de traço fraco e indistinto, os ombros eram estreitos e pouco desenvolvidos para a idade — mas a garota causava a impressão de ser uma verdadeira beldade, e olhando para ela me senti convencido de que o rosto russo não precisa de regularidade estrita para ser encantador. Mais do que isso, se em vez do nariz arrebitado a garota tivesse um nariz diferente, exato e de formato irrepreensível, como o da garota armênia, imagino que seu rosto teria perdido todo o charme com a mudança.

Parada na janela conversando, a garota, encolhendo os ombros por causa da umidade da noite, olhando ao redor, para nós, ao mesmo tempo colocava as mãos na cintura e em seguida as levava à cabeça para arrumar o cabelo, conversava, ria, enquanto seu rosto assumia uma expressão de admiração, então de terror, e não me lembro de nenhum instante no qual seu rosto ou seu corpo estivessem parados. O segredo e a magia de sua beleza residiam apenas naqueles movimentos minúsculos e de uma elegância infinita, em seu sorriso, no jogo de seu rosto, nos olhares rápidos na nossa direção, na combinação da graça sutil de seus movimentos com a juventude, o frescor, a pureza de sua alma que ressoava em sua risada e sua voz e na fragilidade que tanto amamos nas crianças, nos pássaros, nos filhotes e nas árvores jovens.

Era aquela beleza de borboleta que tanto lembra valsar, correr pelo jardim, rir e ser alegre, e que nada tem a ver com pensamentos sérios, dor e repouso. Parecia que uma rajada de vento ou uma chuvarada seriam suficientes para fazer murchar o corpo frágil e espalhar a beleza caprichosa como o pólen de uma flor.

— En-tão!... — murmurou o oficial com um suspiro quando, após o segundo sinal, voltamos para nossa cabine.

E o que aquele "En-tão!" significava não vou me comprometer a definir.

Talvez estivesse triste, e não quisesse se afastar da beleza e da noite de primavera e entrar no trem abafado. Ou talvez, como eu, ele sentisse uma pena inexplicável da beleza, de si mesmo e de mim, e de todos os passageiros, que voltavam apáticos e relutantes para suas cabines. Quando passamos pela janela da estação, onde um operador de telégrafo ruivo, com cachos arrepiados e um rosto largo e pálido, estava sentado ao lado de seu equipamento, o oficial soltou um suspiro e disse:

— Aposto que aquele operador está apaixonado pela garota. Viver neste lugar deserto debaixo do mesmo teto que aquela criatura etérea e não se apaixonar é algo além do poder de um homem. E que calamidade, meu amigo! Que destino irônico, ser corcunda, desgrenhado, grisalho, um sujeito decente, e não um tolo, e estar apaixonado por aquela garotinha bela e estúpida que jamais o notaria! Ou pior: imagine que o operador esteja apaixonado e seja casado, e que sua esposa seja tão corcunda, desgrenhada e decente quanto ele.

Na plataforma entre nosso vagão e o próximo, o guarda estava em pé com os cotovelos apoiados no corrimão, olhando na direção da bela garota, e seu rosto velho, enrugado e carnudo, exausto das noites sem dormir e dos solavancos do trem, exprimia uma expressão de ternura e da mais profunda tristeza, como se naquela garota ele visse a felicidade, a própria juventude, sensatez, pureza, esposa, filhos; como se estivesse arrependido e sentisse em todo o seu ser que a garota não era dele, e que para ele, com a velhice prematura, a rudeza e o rosto carnudo, a felicidade comum de um homem e um passageiro estava tão distante quanto o céu...

O terceiro sinal tocou, os apitos soaram e o trem partiu devagar. Primeiro o guarda, o chefe da estação, então o jardim, a bela garota com o sorriso astuto primoroso passaram por nossas janelas...

Colocando a cabeça para fora e olhando para trás, vi quando, observando o trem, ela caminhou pela plataforma passando pela janela onde o operador do telégrafo estava sentado, passou a mão no cabelo e correu para o jardim. A estação não escondia mais o pôr do sol, a planície se abria à nossa frente, mas o sol já tinha se posto e a fumaça formava nuvens pretas sobre o milharal ainda verde e aveludado. Era a melancolia no ar da primavera, e no céu que escurecia, e no vagão do trem.

A figura familiar do guarda entrou no vagão, e ele começou a acender as velas.

Alice no País das Maravilhas *(fragmento)*

LEWIS CARROLL

— Ah, eu tive um sonho tão curioso! — disse Alice, e contou à irmã, tão bem quanto suas lembranças permitiam, todas as aventuras estranhas sobre as quais você acabou de ler.

Quando ela terminou, a irmã a beijou e disse:

— Foi *mesmo* um sonho curioso, minha querida, sem dúvida. Mas agora vá tomar seu chá; está ficando tarde.

E Alice se levantou e saiu correndo, pensando, enquanto corria o mais rápido que podia, que sonho maravilhoso tinha sido aquele.

Mas a irmã ficou sentada, exatamente como ela a deixou, com a cabeça apoiada nas mãos, assistindo o sol se pôr, e pensando na pequena Alice e em todas as suas aventuras maravilhosas, até que ela também começou a sonhar, e assim foi seu sonho:

Primeiro, ela sonhou com a pequena Alice, e mais uma vez as mãozinhas apertavam-lhe o joelho, e os olhos brilhantes e ansiosos olhavam para ela — ela ouvia até as entonações de sua voz, e via aquela jogadinha de cabeça para manter afastado o cabelo aventureiro que *sempre* lhe caía nos olhos — enquanto ela ouvia, ou parecia ouvir, todo o espaço ao redor ganhou vida com as criaturas estranhas do sonho da irmã.

A grama alta farfalhou aos seus pés quando o Coelho Branco passou apressado — o Rato assustado espirrou água ao passar pelo tanque ali perto — ela ouvia o barulho das xícaras da refeição infinita da Lebre de Março com seus amigos, e a voz estridente da Rainha ordenando a execução dos hóspedes desafortunados — mais uma vez o bebê-porco espirrava no joelho da Duquesa, enquanto pratos e louças quebravam ao redor — mais uma vez o grito do Grifo, o guincho do giz do Lagarto e o sufocamento dos porquinhos-da-índia reprimidos encheram o ar, misturados aos luxos distantes da pobre Falsa Tartaruga.

Então, ela ficou sentada, com os olhos fechados, e quase acreditou que estava no País das Maravilhas, embora soubesse que bastava voltar a abri-los, e tudo aquilo voltaria a ser a realidade monótona — a grama estaria apenas farfalhando ao vento, o tanque ondulando ao tremular dos juncos, as xícaras barulhentas se transformariam no tilintar dos sinos das ovelhas, e os gritos estridentes da Rainha na voz do pastor —, e o espirro do bebê, o grito do Grifo e todos os outros ruídos estranhos se transformariam (ela sabia) no clamor confuso do agitado pátio da fazenda, enquanto o mugido do gado a distância tomaria o lugar dos soluços pesados da Falsa Tartaruga.

Por fim, ela imaginou que a mesma irmãzinha se transformaria, no futuro, em uma mulher; e que ela manteria, durante todos os anos de maturidade, o coração simples e amoroso da infância; e que reuniria à sua volta outras crianças, e faria os olhos *delas* brilharem e ansiarem com muitos contos estranhos, talvez até com o sonho do País das Maravilhas anos antes: e que ela sofreria com todas as suas tristezas simples, e encontraria prazer em suas alegrias simples, lembrando-se da própria infância, e dos dias felizes de verão.

Kew Gardens

VIRGINIA WOOLF

Do canteiro oval erguia-se talvez uma centena de caules se esparramando em folhas em formato de coração ou língua e desabrochando em pétalas vermelhas, azuis ou amarelas com manchas coloridas que surgiam na superfície; e da penumbra que sai do centro da pétala vermelha, azul ou amarela emergia uma haste reta, áspera com um pó dourado e com a extremidade ligeiramente achatada. As pétalas eram volumosas o bastante para serem agitadas pela brisa do verão e, quando se moviam, as luzes vermelhas, azuis e amarelas passavam umas sobre as outras, tingindo uma faixa estreita da terra marrom em um borrão de cor intricada. A luz caiu sobre o dorso acinzentado e liso de um pedregulho ou sobre a concha de um caracol com seus veios marrons circulares, ou sobre uma gota de chuva, expandindo com intensidade tal de vermelho, azul e amarelo as paredes finas da água que era de se esperar que rebentassem e desaparecessem. Em vez disso, a gota voltou ao cinza-prateado, e a luz agora descansou sobre a carne de uma folha, revelando a trama ramificada de fibras sob a superfície, e mais uma vez avançou e estendeu-se sobre os espaços verdes vastos sob a cúpula das folhas em formato de coração e língua. E a brisa soprou mais forte no alto e a cor se espalhou no ar, entrando nos olhos dos homens e das mulheres que caminham por Kew Gardens em julho.

As figuras daqueles homens e daquelas mulheres passavam pelo canteiro dispersas com uma movimentação curiosamente irregular não muito diferente daquelas das borboletas brancas e azuis que cruzavam a grama, ziguezagueando de canteiro em canteiro. O homem seguia cerca de um palmo à frente da mulher, caminhando distraído, enquanto ela avançava com propósito, apenas virando a cabeça de vez em quando para ver se as crianças não estavam muito distantes. O homem mantinha a distância à frente da mulher de propósito, embora talvez inconscientemente, pois desejava seguir mergulhado em seus pensamentos.

"Há quinze anos vim aqui com Lily", pensou. "Nos sentamos por ali à beira de um lago e eu passei a tarde quente implorando para que se casasse comigo. A libélula voava em círculos ao nosso redor: vejo a libélula nitidamente, e o sapato dela com uma fivela quadrada de prata na ponta. Enquanto falava, fiquei o tempo todo olhando para seu sapato e, quando ele se mexia com impaciência, sem levantar o olhar eu sabia o que ela ia dizer: toda ela parecia estar naquele sapato. E meu amor, meu desejo, estavam na libélula; por algum motivo, pensei que, se ela pousasse ali, naquela folha, a larga com a flor vermelha no meio, se a libélula repousasse sobre a folha, ela finalmente diria 'Sim'. Mas a libélula continuou circulando: não pousou em lugar nenhum, é óbvio que não, por sorte que não, ou eu não estaria caminhando aqui com Eleanor e as crianças."

— Me diga, Eleanor. Você pensa no passado?

— Por que a pergunta, Simon?

— Porque tenho pensado no passado. Tenho pensado em Lily, a mulher com quem talvez tivesse me casado... Bom, por que não fala nada? Você se incomoda que eu pense no passado?

— Por que eu me incomodaria, Simon? Não pensamos sempre no passado, em um jardim com homens e mulheres deitados à sombra das árvores? Não são eles o passado, o que restou dele, aqueles homens e aquelas mulheres, aqueles fantasmas deitados à sombra das árvores... a felicidade, a realidade?

— Para mim, uma fivela de sapato quadrada prateada e uma libélula...

— Para mim, um beijo. Imagine seis garotinhas sentadas diante de seus cavaletes vinte anos atrás, ao lado de um lago, pintando nenúfares, os primeiros nenúfares vermelhos que eu via. E, de repente, um beijo, aqui na minha nuca. E minha mão tremeu a tarde toda e não consegui pintar. Peguei o relógio e marquei a hora em que me permitiria pensar sobre o beijo durante cinco minutos apenas, tão precioso, o beijo de uma mulher idosa e grisalha com uma verruga no nariz, a mãe de todos os meus beijos na vida. Venha, Caroline, venha, Hubert.

Eles passaram pelo canteiro de flores, andando agora os quatro lado a lado, e logo diminuíram de tamanho em meio às árvores, parecendo quase transparentes à luz do sol e à sombra que nadavam em suas costas em manchas grandes, trêmulas e irregulares.

No canteiro oval, o caracol, cuja concha se tingira de vermelho, azul e amarelo por cerca de dois minutos, agora parecia se movimentar ligeiramente na concha, e em seguida começou a trabalhar nas migalhas de terra fofa que se despedaçavam e rolavam quando ele passava por cima. Parecia ter um objetivo definido, diferindo nesse aspecto do inseto verde e angular que tentava atravessar à sua frente com passadas altas, e esperou um instante com as antenas tremendo como se deliberasse. Então deu um passo ligeiro e estranho na direção oposta. Rochedos marrons com lagos verdes profundos nas cavidades, árvores planas em forma de lâminas que tremulavam da raiz ao topo, pedregulhos redondos acinzentados, superfícies largas e vastas de uma textura fina e quebradiça — todos esses objetos se opunham ao avanço do caracol entre um caule e outro no caminho de seu objetivo. Antes que ele decidisse contornar a tenda arcada de uma folha morta ou peitá-la, os pés de outros seres humanos passaram pelo canteiro.

Desta vez eram dois homens. O mais jovem deles expressava uma calma talvez não natural. Erguia os olhos e fixava-os firmemente à frente enquanto o companheiro falava, e assim que o companheiro terminava de falar ele voltava a olhar para o chão e às vezes abria os lábios só depois de uma longa pausa e às vezes nem os abria. O mais velho tinha um jeito de andar curioso, irregular e trêmulo, lançando a mão à frente e erguendo a cabeça abruptamente, mais ou menos como um cavalo de carruagem impaciente cansado de esperar em frente a uma casa; mas no homem esses gestos eram irresolutos e despropositados. Ele falava quase sem parar; sorria para si mesmo e voltava a falar, como se o sorriso fosse uma resposta. Ele estava falando sobre espíritos — os espíritos dos mortos, que segundo ele estavam lhe contando todo tipo de coisas estranhas sobre sua experiência no Paraíso.

— O Paraíso era conhecido pelos antigos como Tessália, William, e agora, com essa guerra, as questões espirituais rolam entre as colinas como trovões. — Fez uma pausa, pareceu escutar, sorriu, balançou a cabeça e continuou: — Você tem uma pequena bateria elétrica e um pedaço de borracha para insular o fio... isolar? insular? Bem, vamos pular os detalhes, de nada adianta entrar em detalhes que não serão compreendidos, e em suma a maquininha fica em qualquer posição conveniente à cabeceira da cama, digamos, sobre uma elegante mesinha de mogno. Todos os preparativos são feitos por trabalhadores orientados por mim, a viúva encosta o ouvido e invoca o espírito por sinal como combinado. Mulheres! Viúvas! Mulheres de preto...

Aqui ele pareceu avistar o vestido de uma mulher à distância, que à sombra pareceu ser de um preto arroxeado. Tirou o chapéu, colocou a mão sobre o peito, e fez menção de correr até ela com murmúrios e gestos febris. Mas William pegou-o pela manga e tocou uma flor com a ponta da bengala para desviar a atenção do velho. Depois de olhar para ela por um tempo, um pouco confuso, o velho inclinou o ouvido em direção à flor e pareceu responder a uma voz que vinha dela, pois começou a falar sobre as florestas do Uruguai, que visitara centenas de anos antes na companhia da jovem mais bela da Europa. Era possível ouvi-lo murmurando sobre as florestas do Uruguai cobertas por pétalas de cera de rosas tropicais, rouxinóis, praias, sereias e mulheres que se afogaram no mar, enquanto se deixava levar, sôfrego, por William, em cujo rosto a expressão de paciência estoica foi ficando cada vez mais profunda.

Seguindo seus passos com atenção, a ponto de ficarem levemente intrigadas por seus gestos, vinham duas mulheres idosas de classe média baixa, uma corpulenta e pesada, a outra com o rosto corado e ágil. Como a maioria das pessoas de sua posição, ficavam fascinadas a qualquer sinal de excentricidade que indicasse um cérebro confuso, principalmente entre os ricos; mas estavam longe demais para ter certeza se os gestos eram apenas excêntricos ou autenticamente loucos. Após analisarem as costas do velho em silêncio por um instante e trocarem um olhar zombeteiro, voltaram a construir, com muita energia, seu diálogo bastante complicado:

— Nell, Bert, Lot, Cess, Phil, Pai, ele diz, eu diz, ela diz, eu diz, eu diz, eu diz...

— Meu Bert, Mana, Bill, Vovô, o velho, açúcar,
Açúcar, farinha, peixe seco, verduras,
Açúcar, açúcar, açúcar.

A mulher corpulenta olhou através da cascata de palavras para as flores frescas, firmes e eretas na terra, com uma expressão curiosa. Viu as flores como alguém que, ao acordar de um sono profundo, vê um candelabro de bronze refletindo a luz de um jeito incomum, e fecha os olhos e então volta a abri-los e, vendo mais uma vez o candelabro, finalmente acorda de vez e o encara com toda a atenção. E a mulher corpulenta se deteve em frente ao canteiro oval, e parou até mesmo de fingir que ouvia o que a outra mulher estava dizendo. Ficou ali, deixando as palavras caírem sobre si, balançando a parte superior do corpo lentamente para a frente e para trás, olhando para as flores. Então sugeriu que encontrassem um lugar onde se sentar para tomar o chá.

O caracol já tinha pensado em todas as maneiras possíveis de alcançar seu objetivo sem dar a volta na folha ou passar por cima dela. Para além do esforço necessário para subir numa folha daquela, ele duvidava que a textura fina que vibrava com estalos tão alarmantes quando tocada apenas pela ponta de seus chifres aguentaria seu peso. Assim, finalmente decidiu se arrastar por baixo dela, pois havia um ponto em que a folha se erguia do chão o bastante para permiti-lo. Ele tinha acabado de enfiar a cabeça na abertura e estava avaliando a altura do teto marrom e se acostumando à luz marrom suave quando duas outras pessoas passaram lá fora no gramado. Desta vez eram dois jovens, um homem e uma mulher. Ambos estavam no auge da juventude, ou ainda na estação que precede o auge da juventude, antes de as sobras rosadas e macias da flor ter irrompido seu invólucro pegajoso, quando as asas da borboleta, embora já crescidas, permanecem imóveis ao sol.

— Por sorte não é sexta-feira — observou ele.

— Por quê? Você acredita na sorte?

— Tem que pagar meio xelim na sexta-feira.

— Mas o que é meio xelim? Isso não vale meio xelim?

— O que é "isso"? O que você quer dizer com "isso"?

— Ah, tudo... quer dizer... você sabe o que eu quero dizer.

Pausas longas surgiam entre cada uma dessas falas; pronunciadas em vozes monótonas e apáticas. O casal parou à beira do canteiro de flores, e juntos fizeram pressão sobre a sombrinha, enfiando a ponta na terra macia. A ação e o fato de que a mão dele descansava sobre a dela expressaram seus sentimentos de um modo estranho, como aquelas palavras ligeiras e insignificantes também expressavam algo, palavras com asas curtas para seu corpo pesado de significado, inadequadas para carregá-las para longe e, assim, pousando sem jeito sobre os objetos comuns que as rodeavam e que eram tão sólidas ao seu toque inexperiente; mas quem sabe (assim pensaram ao enfiar o guarda-sol na terra) que precipícios não estão escondidos nelas, ou que encostas de gelo não brilham ao sol do outro lado? Quem sabe? Quem já viu isso antes? Enquanto ela se perguntava que tipo de chá era servido em Kew, ele sentiu que algo espreitava por trás de suas palavras, e se mantinha ali, vasto e sólido; e a neblina subiu lentamente revelando — Ó, Céus, que formas eram aquelas? — mesinhas brancas e garçonetes que olharam primeiro para ela e depois para ele; e surgiu uma conta que ele pagaria com uma moeda real de dois xelins, real mesmo, ele garantiu a si mesmo, sentindo a moeda no bolso com os dedos; real para todos exceto para ele e para ela; até para ele começava a parecer real; então — mas era excitante demais ficar em pé pensando, e ele tirou a sombrinha da terra com um puxão e ficou ansioso para encontrar um lugar para tomar chá com os outros, como os outros.

— Venha, Trissie, está na hora do chá.

— Onde é que as pessoas tomam chá? — perguntou ela, com uma empolgação estranha na voz, olhando ao redor e deixando-se arrastar pelo gramado e arrastando a sombrinha, virando a cabeça para cá e para lá, esquecendo o chá, desejando ir até ali e até lá, lembrando-se das orquídeas e dos grous entre as flores silvestres, um pagode chinês e um pássaro de crista carmesim; mas ele a carregou.

Assim, um casal após o outro, com a mesma movimentação irregular e despropositada, passou pelo canteiro de flores e foi envolvido camada após camada por um vapor azul-esverdeado, em que primeiro seus corpos tinham substância e um toque de cor, mas logo ambas se dissolviam na atmosfera azul-esverdeada. Como fazia calor! Tanto que até o tordo escolhia saltitar, como um pássaro mecânico, à sombra das flores, com pausas longas entre um movimento e o próximo; em vez de vaguear, as borboletas brancas dançavam umas sobre as outras, formando com suas lascas brancas errantes o contorno de uma coluna de mármore despedaçada acima das flores mais altas; o telhado de vidro da casa das palmeiras reluzia como um mercado inteiro cheio de guarda-chuvas verdes abertos ao sol; e no zumbido de um aeroplano a voz do céu do verão murmurava sua alma ardente. Amarelas e pretas, cor de rosa e branco neve, formas de todas essas cores, homens, mulheres e crianças avistadas por um segundo no horizonte, e então, vendo a extensão amarela que se estendia sobre a grama, acenavam e iam à procura das sombras das árvores, se dissolvendo como gotas de água na atmosfera amarela e verde, manchando-a levemente de vermelho e azul. Parecia que todos os corpos densos e pesados tinham afundado no calor, imóveis, e jaziam amontoados no chão, mas suas vozes subiam como se fossem chamas bruxuleando sobre corpos espessos de cera. Vozes. Sim, vozes. Vozes sem palavras rompendo o silêncio de repente com uma alegria tão profunda, uma paixão tão desejosa, ou, nas vozes das crianças, um frescor de surpresa; rompendo o silêncio? Mas não havia silêncio; o tempo todo os ônibus motorizados rodavam suas rodas e mudavam suas marchas; como um ninho vasto de caixas chinesas, todas de aço forjado, virando sem cessar umas dentro das outras, a cidade murmurava; acima, as vozes gritavam e as pétalas de miríades de flores disparavam suas cores reluzentes no ar.

A lenda de O'Donoghue

T. CROFTON CROKER

Em uma época tão distante que não se sabe o período exato, um líder chamado O'Donoghue governava as terras que circundam o romântico Lough Leane, agora chamado de lago de Killarney. Sabedoria, generosidade e justiça distinguiam seu governo, e a prosperidade e a felicidade de seu povo eram o resultado natural. Diz-se que ele era tão conhecido por suas façanhas de guerra quanto por suas virtudes de paz; e, como prova de que sua administração não era menos rigorosa por ser amena, a estranhos aponta-se uma ilha rochosa, chamada "Prisão de O'Donoghue", onde este príncipe certa vez confinou o próprio filho por um ato de desordem e desobediência.

Seu fim — pois não se pode chamar corretamente de morte — foi singular e misterioso. Em um dos magníficos banquetes de celebração da corte, rodeado pelos súditos mais ilustres, ele se dedicou à profecia de acontecimentos que se concretizariam em épocas futuras. Os súditos ouviam, ora tomados pelo espanto, ora inflamados pela indignação, queimando de vergonha, ou entregues ao pesar, enquanto ele detalhava fielmente o heroísmo, os ferimentos, os crimes e as misérias de seus descendentes. Em meio às previsões, ele se levantou devagar, seguiu com passos solenes, exatos e majestosos até a margem do lago, e caminhou calmamente sobre a superfície inflexível.

Quando estava quase no centro do lago, parou por um instante e, virando-se devagar, olhou para os amigos e, acenando para eles com o ânimo de quem dá um breve adeus, desapareceu de vista.

A memória do bom O'Donoghue foi guardada por gerações com afetuosa reverência; e acredita-se que, ao nascer do sol, todo dia primeiro de maio, aniversário de sua partida, ele revisita seu antigo território: em geral, poucos favorecidos o veem, e é sempre sinal de boa sorte aos que o avistam; quando são muitos, é sinal evidente de colheita abundante — uma bênção que nunca faltou ao povo durante o reinado do príncipe.

Alguns anos se passaram desde a última aparição de O'Donoghue. O mês de abril daquele ano foi especialmente agitado e tempestuoso; mas na manhã de primeiro de maio a fúria dos elementos recuou completamente. O ar estava silencioso e calmo; e o céu, que refletia no lago sereno, mostrava um semblante belo, mas traiçoeiro, cujos sorrisos, após as emoções mais tempestuosas, tentavam o estranho a crer que pertenciam a uma alma jamais perturbada por qualquer paixão.

Os primeiros raios de sol douravam o cume imponente de Glenaa quando as águas próximas à margem oriental do lago ficaram repentina e violentamente agitadas, embora todo o restante de sua superfície permanecesse lisa e calma como um sepulcro de mármore polido, na manhã seguinte uma onda de espuma avançou e, como um cavalo de guerra orgulhoso de crina alta, exultante em sua força, percorreu o lago em direção ao monte Toomies. Atrás dessa onda, apareceu um guerreiro imponente armado, montado em um corcel branco como leite; sua pluma alva ondulava graciosa em um capacete de aço polido, e atrás dele esvoaçava um lenço azul-claro. O cavalo, que parecia exultante em seu nobre fardo, saltava atrás da onda, e a água o sustentava como terra firme, enquanto chuvas de respingos que brilhavam intensamente ao sol da manhã se espalhavam a cada salto.

O guerreiro era O'Donoghue; seguido por incontáveis jovens e donzelas, que avançavam com leveza e sem restrições sobre o plano da água, como as fadas da lua deslizam pelos campos do ar; estavam unidos por guirlandas de belas flores primaveris, e seus movimentos eram sincronizados em acordes de uma melodia encantadora. Quando O'Donoghue estava quase alcançando a margem oeste do lago, de repente virou seu corcel e avançou ao longo da costa de Glenaa, precedido pela onda enorme que espumava na altura do pescoço do cavalo, cujas narinas ferozes resfolegavam acima dela. A longa fileira de acompanhantes seguia o rastro de seu líder com desvios brincalhões e avançava com rapidez inabalável ao som da música celestial, até que, aos poucos, ao entrarem no estreito entre Glenaa e Dinis, foram envolvidos pelas brumas que ainda flutuavam parcialmente sobre os lagos e desapareceram da vista dos observadores maravilhados; mas sua música ainda alcançava seus ouvidos, e ecoava, em acordes harmoniosos, repetindo-os e prolongando-os afetuosamente em tons cada vez mais suaves, até a última repetição se dissipar, e o ouvintes acordarem como de um sonho alegre.

Piscada, Pestana e Toscano

EUGENE FIELD

Piscada, Pestana e Toscano embarcados
    Em um sapato de carvalho,
Zarpando em um rio iluminado
    Em direção a um mar de orvalho.
"Aonde vão e o que desejam?"
    Veio a velha lua perguntar
"Viemos pegar os arenques que vicejam
    Neste belo mar;
    Temos redes de prata e ouro", disseram
        Piscada,
        Pestana
        e Toscano.

A velha lua riu e começou a cantar,
    Enquanto eles balançavam no sapato de carvalho;
E o vento noturno a soprar
    Balançando as ondas de orvalho;
E as estrelinhas a nadar
    Pois eram os arenques do belo mar.
"Lancem as redes onde desejarem, —
    Nunca vão nos assustar!"

Assim gritaram as estrelas aos pescadores,
Piscada,
Pestana
e Toscano.

A noite toda as redes eles lançaram
Às estrelas na espuma cintilante, —
E os céus o sapato de carvalho mandaram,
Levando embora os viajantes;
Tão bela a vela lhes parecia
Que não conseguia acreditar;
E para alguns era um sonho que lhes ocorria
O navegar naquele belo mar;
E assim eram chamados os pescadores:
Piscada,
Pestana
e Toscano.

Piscada e Pestana são dois olhinhos,
E Toscano uma cabecinha,
E o sapato de carvalho aqui nesse ninho
É agora uma caminha;
Então feche os olhos e ouça a melodia
Sobre esse mundo encantado,
E você vai ver tantas maravilhas
Balançando no mar enevoado
Onde o sapato ninou os três pescadores:
Piscada,
Pestana
e Toscano.

Xingu

EDITH WHARTON

I

A Sra. Ballinger é uma dama que busca a Cultura em grupo, como se fosse perigoso encontrá-la sozinha. Com esse objetivo, ela fundou o Clube do Almoço, uma associação formada por ela e várias outras indomáveis caçadoras da erudição. O Clube do Almoço, após três ou quatro invernos de almoços e debates, alcançou uma distinção tal que o entretenimento de estranhas distintas se tornou uma de suas funções aceitas. Em reconhecimento, assim estendeu-se à celebrada "Osric Dane", no dia de sua chegada a Hillbridge, um convite para a próxima reunião.

O clube se reuniria na casa da Sra. Ballinger. As demais participantes, pelas costas da Sra. Ballinger, eram unânimes em deplorar sua relutância em ceder seus direitos em favor da Sra. Plinth, cuja casa compunha um cenário mais impressionante para o entretenimento de celebridades; e, como observado pela Sra. Leveret, elas podiam sempre contar com a galeria.

A Sra. Plinth partilhava abertamente dessa opinião. Sempre considerou uma de suas obrigações entreter as ilustres convidadas do Clube do Almoço. A Sra. Plinth tinha quase tanto orgulho de suas obrigações quanto de sua galeria; na verdade, gostava de sugerir que uma propriedade implicava a outra, e que apenas uma mulher com sua riqueza poderia se dar ao luxo de viver de acordo com um padrão tão alto quanto o que ela impunha a si mesma. Um senso de dever abrangente, adaptável a vários fins, em sua opinião, era tudo o que a Providência exigia dos mais humildes; mas o poder que predestinara a Sra. Plinth a manter um lacaio evidentemente desejava que ela mantivesse um quadro igualmente especializado de responsabilidades. Era ainda mais lamentável que a Sra. Ballinger, cujas obrigações com a sociedade limitavam-se ao escopo restrito de duas criadas, fosse tão obstinada com o direito de entreter Osric Dane.

A questão da recepção daquela dama afetou profundamente os membros do Clube do Almoço durante um mês. Não que se considerassem ineptas para a tarefa, mas o senso de oportunidade as fazia mergulhar na incerteza da dama que considera as alternativas de um guarda-roupas bem abastecido. Se membros secundários como a Sra. Leveret tremiam ao pensar em trocar ideias com a autora de *Asas da morte*, nenhum presságio perturbava o senso de adequação da Sra. Plinth, da Sra. Ballinger e da Srta. Van Vluyck. *Asas da morte* tinha, de fato, por sugestão da Srta. Van Vluyck, sido escolhido como tema de discussão do último encontro do clube, e cada participante pode dar livremente sua opinião ou apropriar-se do que quer que lhe soasse bem nos comentários das demais.

Apenas a Sra. Roby se abstivera de aproveitar a oportunidade; mas agora era abertamente reconhecido que, como membro do Clube do Almoço, a Sra. Roby era um fracasso.

— É resultado — como disse a Srta. Van Vluyck — de aceitar uma mulher por indicação de um homem.

A Sra. Roby, em seu retorno a Hillbridge após uma estadia prolongada em terras exóticas — as demais senhoras não se davam mais ao trabalho de lembrar quais — fora anunciada pelo distinto biólogo professor Foreland como a mulher mais agradável que ele já conhecera; e as participantes do Clube do Almoço, impressionadas pelo elogio que carregava o peso de um diploma, se precipitaram ao imaginar que as simpatias sociais do professor seguiriam a linha de sua inclinação profissional e aproveitaram a chance de anexar um membro da biologia. A decepção foi total. Quando a Srta. Van Vluyck citou de improviso o pterodátilo, a Sra. Roby murmurou confusa:

— Sei tão pouco sobre métricas...

E depois dessa demonstração dolorosa de incompetência, ela se absteve de participar de outras atividades de ginástica mental do clube.

— Imagino que ela o bajule — resumiu a Srta. Van Vluyck — ou talvez seja o jeito como arruma o cabelo.

Quando as dimensões da sala de jantar da Srta. Van Vluyck restringiu o número de membros a seis, a falta de condutividade de um membro se tornou um obstáculo grave à troca de ideias, e algumas já tinham expressado espanto com o fato de a Sra. Roby viver, como parecia, da generosidade intelectual dos outros. Essa sensação aumentou quando descobriram que ela ainda não tinha lido *Asas da morte*. Admitia ter ouvido falar em Osric Dane; mas que — por mais incrível que parecesse — seu conhecimento da celebrada romancista parava aí. As damas não conseguiram esconder a surpresa, mas a Sra. Ballinger, cujo orgulho pelo clube a fazia querer que mesmo a Sra. Roby fosse vista da melhor maneira possível, insinuou gentilmente que, embora não tivesse tido tempo de se familiarizar com *Asas da morte*, ela devia conhecer pelo menos seu antecessor, *Instante supremo*.

A Sra. Roby franziu as sobrancelhas em um esforço escrupuloso de memória, e como resultado lembrou que, ah, sim, ela *tinha* visto o livro na casa do irmão, quando estava com ele no Brasil, e que até levou-o para ler um dia em uma festa em um barco; mas eles começaram a tacar coisas uns nos outros, e o livro caiu na água, então ela não teve a oportunidade...

A imagem evocada por essa anedota não aumentou o crédito que a Sra. Roby tinha com o clube, e houve uma pausa dolorosa, rompida pelo comentário da Sra. Plinth:

— Entendo que, com todas as suas outras atividades, você não deve ter muito tempo para ler; mas eu achava que talvez tivesse lido pelo menos *Asas da morte* antes da chegada de Osric Dane.

A Sra. Roby acatou a repreensão com bom humor. Ela pretendia, admitiu, dar uma olhada no livro, mas estava tão absorta em um romance de Trollope que...

— Ninguém mais lê Trollope — interrompeu a Sra. Ballinger.

A Sra. Roby pareceu aflita.

— Ainda estou no início — confessou.

— E achou interessante? — questionou a Sra. Plinth.

— Achei divertido.

— A diversão — disse a Sra. Plinth — não é exatamente o que busco ao escolher um livro.

— Ah, certamente, *Asas da morte* não é divertido — arriscou a Sra. Leveret, que exprimia uma opinião como um vendedor prestativo com uma variedade de outros estilos para apresentar caso a primeira escolha não fosse adequada.

— E é *esse* o objetivo? — perguntou a Sra. Plinth, que gostava de fazer perguntas que permitia apenas a si mesma responder. — Certamente que não.

— Certamente que não... é o que eu ia dizer — concordou a Sra. Leveret, agregando sua opinião, ligeira, e logo oferecendo mais uma. — O objetivo é... elevar.

A Srta. Van Vluyck ajeitou os óculos como se fossem o barrete preto da condenação.

— Não vejo — interveio — como um livro que mergulha no pessimismo mais amargo possa elevar, por mais que instrua.

— Eu quis dizer, é óbvio, instruir — disse a Sra. Leveret, atrapalhada pela distinção inesperada entre dois termos que acreditava serem sinônimos.

O deleite da Sra. Leveret com o Clube do Almoço era frequentemente manchado por surpresas como essa; e sem saber que seu valor para as demais era um espelho para a complacência mental daquelas damas ela às vezes ficava incomodada ao duvidar de sua contribuição aos debates. Apenas o fato de ter uma irmã enfadonha que a considerava inteligente a salvava do sentimento de inferioridade.

— Eles se casam no final? — perguntou a Sra. Roby.

— Eles... quem? — exclamou a uma só voz o Clube do Almoço.

— Ora, a garota e o homem. É um romance, não é? Sempre acho que isso é a única coisa que importa. Se eles se separam, estraga meu jantar.

A Sra. Plinth e a Sra. Ballinger trocaram olhares escandalizados e a segunda disse:

— Não aconselho que leia *Asas da morte* com essa predisposição. De minha parte, com tantos livros que *precisamos* ler, me pergunto como alguém pode ter tempo para os que são meramente divertidos.

— A beleza — murmurou Laura Glyde — é exatamente essa, ninguém pode dizer como *Asas da morte* acaba. Osric Dane, tomada pela importância imensa do próprio significado, teve a misericórdia de deixá-lo velado, talvez até para si mesma, assim como Apeles, ao representar o sacrifício de Ifigênia, deixou velado o rosto de Agamemnon.

— O que é isso? Poesia? — sussurrou a Sra. Leveret para a Sra. Plinth, que, desdenhando uma resposta definitiva, respondeu friamente:

— Você precisa pesquisar. Sempre faço questão de pesquisar as coisas.

Seu tom parecia acrescentar "embora eu pudesse mandar o lacaio fazê-lo".

— Eu ia dizer — retomou a palavra a Srta. Van Vluyck — que sempre devemos nos perguntar se um livro *pode* instruir sem elevar.

— Ah... — murmurou Sra. Leveret, agora se sentindo desesperadamente perdida.

— Não sei — disse a Sra. Ballinger, percebendo no tom da Srta. Van Vluyck uma tendência a depreciar a honraria cobiçada de entreter Osric Dane. — Não sei se essa dúvida pode ser levantada em relação a um livro que atraiu mais atenção entre pessoas dadas ao pensamento que qualquer outro romance desde *Robert Elsmere.*

— Ah, mas você não percebe — exclamou Laura Glyde — que é a desesperança sombria de tudo, o esquema maravilhoso de preto sobre preto, que faz dele um grande feito artístico? Me lembrou de quando li sobre a *manière noire* do príncipe Rupert... o livro é gravado, não pintado, mas é possível sentir tão intensamente o valor das cores...

— Quem é esse? — sussurrou a Sra. Leveret para a vizinha. — Alguém que ela conheceu no exterior?

— O mais maravilhoso no livro — reconheceu a Sra. Ballinger — é que pode ser considerado sob vários pontos de vista. Li que, como um estudo do determinismo, o professor Lupton o coloca ao lado de *Os dados da ética.*

— Soube que Osric Dane passou dez anos estudando antes de escrever — disse a Sra. Plinth. — Ela pesquisa tudo, confirma tudo. Esse sempre foi o meu princípio, como vocês sabem. Nada me levaria, agora, a largar um livro antes de terminá-lo só porque posso comprar quantos quiser.

— E o que *você* achou de *Asas da morte*? — perguntou-lhe a Sra. Roby abruptamente.

Era o tipo de pergunta considerada despropositada, e as damas trocaram olhares como se negassem qualquer participação naquela quebra de disciplina. Todas sabiam que não havia nada que desagradasse mais a Sra. Plinth do que quando perguntavam sua opinião a respeito de um livro. Livros eram escritos para serem lidos; quando lidos, o que mais havia a esperar? Ser questionada em detalhe a respeito do conteúdo de um volume lhe parecia uma afronta tão grande quanto ser revistada na alfândega. O clube sempre respeitava essa idiossincrasia da Sra. Plinth. Essas suas opiniões eram imponentes e substanciais: sua mente, como sua casa, era decorada com "peças" monumentais que não deviam ser tiradas do lugar; e era uma das regras não escritas do Clube do Almoço que, no que dizia respeito a sua área de interesse, os hábitos de pensamento de cada membro deviam ser respeitados. Assim, a reunião se encerrou com uma sensação ainda maior, por parte das demais damas, de que a Sra. Roby não tinha a menor capacidade para ser uma delas.

II

A Sra. Leveret, no dia do acontecimento, chegou cedo à casa da Sra. Ballinger, com o volume de *Alusões adequadas* no bolso.

Chegar atrasada ao Clube do Almoço sempre desorientava a Sra. Leveret: ela gostava de organizar os pensamentos e tentar prever, enquanto as demais chegavam, qual seria o tom da conversa. Naquele dia, no entanto, estava se sentindo completamente perdida; e nem mesmo o toque familiar do *Alusões adequadas*, que a cutucou quando se sentou, foi capaz de tranquilizá-la. Era um pequeno volume admirável, compilado para atender qualquer urgência social; de modo que, em aniversários, ocasiões alegres ou melancólicas (conforme classificação), banquetes, sociais ou municipais, ou em batismos, da Igreja da Inglaterra ou sectária, seu estudante nunca ficava sem uma referência pertinente. A Sra. Leveret, embora tivesse passado anos estudando suas páginas com devoção, o valorizava, no entanto, mais por seu apoio moral que por seus serviços práticos; pois embora na privacidade de seu quarto ela comandasse um exército de citações, elas invariavelmente a abandonavam em momentos críticos, e ela nunca encontrara ocasião para citar a única frase que guardara — *Podes puxar o Leviatã com um anzol?*

Naquele dia, ela sentia que mesmo que dominasse o volume inteiro isso não teria garantido serenidade; pois achava provável que, mesmo que *conseguisse*, por algum milagre, lembrar-se de uma

Alusão, seria apenas para descobrir que Osric Dane tinha um volume diferente (a Sra. Leveret estava convencida de que os literatos sempre o carregavam consigo), e, portanto, não reconheceria suas citações.

A sensação da Sra. Leveret de estar à deriva se intensificou com a aparência da sala da Sra. Ballinger. Para um olhar desatento parecia a mesma; mas quem estava familiarizado com o modo como a Sra. Ballinger organizava seus livros logo perceberia às marcas da perturbação recente. A área da Sra. Ballinger, como membro do Clube do Almoço, era o Livro do Dia. Qualquer que fosse, de um romance a um tratado sobre psicologia experimental, ela dominava com confiança e autoridade. O que acontecia com os livros do ano anterior, ou mesmo da semana anterior; o que ela fazia com os "assuntos" sobre os quais palestrava com igual autoridade, ninguém jamais descobrira. Sua mente era um hotel aonde fatos iam e vinham como hóspedes transitórios, sem deixar o endereço, e com frequência sem pagar pelo alojamento. A Sra. Ballinger se gabava de estar "a par do Pensamento do Dia", e se orgulhava pelo fato de essa posição avançada se expressar por meio dos livros sobre sua mesa. Esses volumes, renovados com frequência, e quase sempre ainda úmidos da imprensa, traziam títulos geralmente desconhecidos para a Sra. Leveret, e ofereciam, quando os examinava furtivamente, um vislumbre desanimador dos novos campos do conhecimento a serem percorridos por uma atenta Sra. Ballinger. Mas naquele dia vários volumes que pareciam mais maduros estavam misturados aos *primeurs* da imprensa — Karl Marx se acotovelava com o professor Bergson, e as *Confissões de Santo Agostinho* estavam ao lado da última obra sobre o Mendelismo; de modo que mesmo para a percepção desorientada da Sra. Leveret ficou evidente que a Sra. Ballinger nem imaginava sobre o que Osric Dane falaria e tinha se preparado para o que quer que fosse. A Sra. Leveret se sentiu como uma passageira em um navio a vapor a quem dizem que não há perigo imediato, mas que é bom que coloque um colete salva-vidas.

Foi um alívio despertar desses pressentimentos com a chegada da Srta. Van Vluyck.

— Bom, minha querida — perguntou a recém-chegada à anfitriã —, que temas vamos discutir hoje?

A Sra. Ballinger estava substituindo discretamente um volume de Wordsworth por uma cópia de Verlaine.

— Não sei dizer — respondeu ela, um pouco nervosa. — Talvez devamos agir conforme as circunstâncias.

— Circunstâncias? — repetiu a Srta. Van Vluyck, árida. — Isso significa, imagino, que Laura Glyde tomará a palavra como de costume, e seremos mergulhadas em literatura.

Filantropia e estatística eram a área da Srta. Van Vluyck e ela se ressentia de qualquer tentativa de afastar a atenção da convidada desses tópicos.

A Sra. Plinth apareceu nesse momento.

— Literatura? — protestou ela. — Mas isso é completamente inesperado. Entendi que íamos falar sobre o romance de Osric Dane.

A Sra. Ballinger estremeceu com a discriminação, mas deixou passar.

— Não podemos fazer disso o assunto principal... pelo menos não *tão* intencionalmente assim — sugeriu. — É óbvio que podemos deixar que a conversa *leve* nessa direção. Mas precisamos de outro tópico como introdução, e era sobre isso que queria falar com vocês. A verdade é que sabemos muito pouco sobre os gostos e interesses de Osric Dane e é difícil fazer qualquer preparação especial.

— Pode ser difícil — disse a Sra. Plinth, decidida —, mas é necessário. Sei bem aonde leva tal despreocupação. Como eu disse a uma das minhas sobrinhas outro dia, há certas emergências para as quais uma dama sempre precisa estar preparada. É escandaloso usar cores em uma visita para prestar condolências, ou um vestido do ano passado quando há falatório de que o marido está em apuro financeiro; e é assim com essa conversa. Tudo o que peço é que eu saiba de antemão qual será o tema da conversa; para ter certeza de que poderei dizer algo adequado.

— Concordo — assentiu a Sra. Ballinger —, mas...

Nesse instante, anunciada pela criada agitada, Osric Dane surgiu à porta.

A Sra. Leveret disse à irmã mais tarde que soube imediatamente o que ia acontecer. Viu que Osric Dane não ia encontrá-las na metade do caminho. Aquela personagem distinta entrara mesmo com um ar de compulsão que parecia não ter sido calculada para promover o exercício fácil da hospitalidade. Parecia estar prestes a ser fotografada para uma nova edição de seus livros.

O desejo de aplacar uma divindade costuma ser inversamente proporcional à sua responsividade, e a sensação de desânimo produzida pela entrada de Osric Dane alimentou no Clube do Almoço a vontade de agradá-la. Qualquer ideia de que ela pudesse considerar que tinha alguma obrigação com as anfitriãs foi imediatamente dissipada por sua conduta: como a Sra. Leveret disse à irmã mais tarde, ela olhava para as pessoas como se tivesse algo de errado com o chapéu delas. Essa demonstração de grandiosidade produziu uma impressão tão imediata naquelas senhoras que um tremor de espanto percorreu o grupo quando a Sra. Roby, após a anfitriã conduzir a grande personalidade para a sala, virou-se para as outras para sussurrar:

— Como é grosseira!

A hora que passaram à mesa não reverteu esse veredito. Osric Dane deglutiu em silêncio o cardápio da Sra. Ballinger, e os membros do clube emitiram trivialidades que a convidada parecia engolir com tanta vontade quanto engolia os pratos do almoço.

A relutância da Sra. Ballinger a definir um tópico lançara o clube a uma desordem mental que aumentou com o retorno à sala de estar, onde a discussão aconteceria de fato. Cada senhora esperou que a outra falasse; e houve um choque geral de decepção quando a anfitriã abriu a conversa com a indagação dolorosamente trivial:

— É a primeira vez que vem a Hillbridge?

Até mesmo a Sra. Leveret sabia que era um mau começo; e um impulso vago de reprovação levou a Srta. Glyde a interromper:

— É mesmo um lugar pequeno.

A Sra. Plinth se eriçou.

— Temos muitas pessoas representativas entre nós— disse, no tom de quem fala por sua classe.

Osric Dane virou-se para ela:

— O que elas representam? — perguntou.

A aversão constitucional da Sra. Plinth a ser questionada foi intensificada pela sensação de não estar preparada; e seu olhar reprovador passou a pergunta para a Sra. Ballinger.

— Ora — disse ela, olhando para as demais participantes —, como comunidade espero que não seja exagerado dizer que defendemos a cultura.

— A arte — completou a Srta. Glyde.

— A arte e a literatura — emendou a Sra. Ballinger.

— E a sociologia, acredito — retrucou a Srta. Van Vluyck.

— Temos um padrão — disse a Sra. Plinth, de repente sentindo-se segura na vastidão de uma generalização.

E a Sra. Leveret, considerando haver espaço para mais de uma em uma declaração tão ampla, tomou coragem para murmurar:

— Ah, certamente; temos um padrão.

— O objetivo de nosso pequeno clube — continuou a Sra. Ballinger — é concentrar as tendências mais elevadas de Hillbridge; centralizar e dar foco a seu esforço intelectual.

Aquela afirmação pareceu tão feliz que as senhoras quase emitiram um suspiro audível em alívio.

— Aspiramos — continuou a presidente — estar em contato com o que quer que exista de mais elevado na arte, na literatura e na ética.

Osric Dane virou-se para ela mais uma vez.

— Qual ética? — perguntou.

Um tremor de apreensão envolveu a sala. Nenhuma das senhoras precisava de preparação para se pronunciar no que dizia respeito à moral; mas em relação à ética era diferente. O clube, ao ler a *Encyclopaedia Britannica*, o *Manual do leitor* ou o *Dicionário clássico* de Smith, podia tratar com confiança de qualquer assunto; mas de supetão era capaz de definir o agnosticismo como uma heresia da Igreja Primitiva e o professor Froude como um histologista de destaque; e participantes secundárias como a Sra. Leveret ainda consideravam a ética algo vagamente pagão.

Até mesmo para a Sra. Ballinger a pergunta de Osric Dane era inquietante, e houve uma gratidão generalizada quando Laura Glyde tomou a frente e disse, com seu sotaque mais simpático:

— Perdoe-nos, Sra. Dane, por não sermos capazes, neste momento, de falar de qualquer assunto que não seja *Asas da morte.*

— Sim — disse a Srta. Van Vluyck, de repente decidida a levar a guerra ao território inimigo. — Estamos tão ansiosas para saber o que exatamente tinha em mente ao escrever esse livro maravilhoso.

— Verá — interveio a Sra. Plinth — que não somos leitoras superficiais.

— Estamos ansiosas para saber de você — continuou a Srta. Van Vluyck — se a tendência pessimista do livro é uma expressão de suas convicções ou...

— Ou apenas — contribuiu a Srta. Glyde — um plano de fundo sombrio pincelado para lançar um alívio mais vívido. Você *não é* antes de tudo plástica?

— Sempre sustentei — interveio a Sra. Ballinger — que você representa o método puramente objetivo...

Osric Dane serviu-se criticamente de café.

— Como você define objetivo? — perguntou.

Houve uma pausa agitada antes que Laura Glyde murmurasse intensamente:

— Ao ler *você*, não definimos, sentimos.

Osric Dane sorriu.

— Não é incomum — destacou — que o cerebelo seja a sede das emoções literárias.

E pegou mais um torrão de açúcar.

A dor que essa afirmação vagamente escondia causou foi quase neutralizada pela satisfação de serem tratadas com uma linguagem tão técnica.

— Ah, o cerebelo — disse a Srta. Van Vluyck, complacente. — O clube fez um curso de psicologia no inverno passado.

— Qual psicologia? — perguntou Osric Dane.

Houve uma pausa agonizante, durante a qual cada uma das participantes do clube lamentou em segredo a ineficiência das demais. Apenas a Sra. Roby seguiu bebericando seu *chartreuse*. Finalmente a Sra. Ballinger falou, tentando alcançar um tom elevado:

— Bem, na verdade, sabe, foi ano passado que fizemos o curso de psicologia, e neste inverno estávamos tão absortas em...

Ela parou de falar, tentando, nervosa, se lembrar de alguma das discussões do clube; mas suas faculdades mentais pareciam estar paralisadas pelo olhar petrificante de Osric Dane. Em *que* o clube estava absorto? E a Sra. Ballinger, tentando ganhar tempo, repediu lentamente:

— Estávamos tão intensamente absortas em...

A Sra. Roby largou a taça e se aproximou do grupo com um sorriso:

— Xingu? — sugeriu com um tom gentil.

Um arrepio percorreu as demais. Elas trocaram olhares confusos, então, em comum acordo, lançaram um olhar de alívio e dúvida à sua salvadora. A expressão de cada uma revelava uma fase diferente da mesma emoção. A Sra. Plinth foi a primeira a se recompor e assumir um ar de confiança: após um ajuste apressado, sua expressão quase implicava que ela mesma tinha sugerido a palavra à Sra. Ballinger.

— Xingu, é lógico! — exclamou Sra. Ballinger com a prontidão de sempre, enquanto a Srta. Van Vluyck e Laura Glyde pareciam sondar as profundezes da memória, e a Sra. Leveret, procurando o *Alusões adequadas*, apreensiva, de alguma forma se tranquilizou com a pressão desconfortável do volume contra o corpo.

A mudança no semblante de Osric Dane não foi menos surpreendente do que a que se deu no de suas anfitriãs. Ela também largou a xícara de café, mas com um olhar de irritação; ela também exibiu, por um breve instante, o que a Sra. Roby mais tarde descreveu como a expressão de quem procura por algo no fundo do cérebro; e antes que pudesse dissimular aqueles sinais momentâneos de fraqueza, a Sra. Roby, virando para ela com um sorriso respeitoso, disse:

— E estávamos esperando que hoje você pudesse nos dizer o que pensa a respeito.

Osric Dane recebeu a homenagem daquele sorriso como algo natural; mas a pergunta que o acompanhou obviamente a constrangeu, e ficou nítido para as observadoras que ela não era rápida em mudar sua expressão facial. Parecia que se seu semblante estivesse tão acostumado com uma expressão de superioridade incontestável que os músculos se enrijeceram, e se recusavam a obedecer a suas ordens.

— Xingu... — disse ela, como se também estivesse procurando ganhar tempo.

A Sra. Roby continuou a pressioná-la:

— Sabendo como o assunto é envolvente, você deve entender por que o clube deixou todo o restante de lado por enquanto. Desde que começamos a nos dedicar ao tema, posso quase afirmar que nada, além dos seus livros, nos parece digno de ser lembrado.

As feições severas de Osric Dane ficaram mais sombrias, e não mais iluminadas, com um sorriso inquieto.

— Fico feliz por ouvir que abriram essa exceção — cedeu ela entre dentes.

— Ah, é lógico — respondeu a Sra. Roby lindamente —, mas como você nos mostrou, com tanta naturalidade, que não gosta de falar das próprias obras, não podemos mesmo deixá-la ir embora sem dizer exatamente o que pensa sobre Xingu; principalmente — acrescentou, com um sorriso ainda mais persuasivo — porque algumas pessoas dizem que um de seus livros mais recentes mergulhou nesse elemento.

Ah, *elemento* — a convicção se espalhou como fogo pelas mentes secas das demais participantes. Na ânsia de obter a menor pista que fosse sobre Xingu, elas quase se esqueceram da alegria de assistir ao fracasso da Sra. Dane.

Esta corou, nervosa, ao desafio da antagonista:

— Permita-me perguntar — quase gaguejou — a qual dos meus livros se refere?

A Sra. Roby não hesitou.

— É exatamente o que quero ouvir de você; porque, embora eu estivesse presente, não participei de fato.

— Presente onde? — perguntou a Sra. Dane.

Por um instante as participantes trêmulas do Clube do Almoço acharam que a campeã que a Providência tinha improvisado para elas perderia um ponto. Mas a Sra. Roby se explicou, alegre:

— Na discussão, é óbvio. Então estamos muito ansiosas para saber como foi que você entrou no Xingu.

Houve uma pausa sombria, um silêncio tão profundo de perigos incalculáveis que as demais, de comum acordo, prenderam as palavras nos lábios, como soldados largando as armas para assistir a um combate entre seus líderes. Então a Sra. Dane expressou seu pavor mais profundo dizendo bruscamente:

— Ah... você quer dizer *o* Xingu, certo?

A Sra. Roby sorriu, destemida.

— É um tanto pedante, não é? Eu, pessoalmente, descarto o artigo; mas não sei o que as demais acham disso.

A expressão das outras mulheres era de quem dispensava de bom grado o apelo à sua opinião, e a Sra. Roby, após olhar para o grupo, continuou:

— Elas devem achar, como eu, que nada além da coisa em si importa... só Xingu.

Nenhuma resposta imediata pareceu ocorrer à Sra. Dane, e a Sra. Ballinger reuniu coragem para dizer:

— Certamente todos devem sentir isso a respeito do Xingu.

A Sra. Plinth expressou apoio com um murmúrio grave de aprovação, e Laura Glyde disse com um suspiro emocionado:

— Conheço casos em que mudou vidas.

— Me fez muito bem — acrescentou a Sra. Leveret; de repente pareceu-lhe que tinha lido no inverno anterior

— A dificuldade, é óbvio — admitiu a Sra. Roby —, é que é preciso dedicar tanto tempo. É muito extenso.

— Não consigo imaginar — disse a Srta. Van Vluyck — não dar tempo a um assunto como esse.

— E profundo em alguns momentos — prosseguiu a Sra. Roby (então era um livro!) — E não é fácil pular.

— Eu nunca pulo — disse a Sra. Plinth, dogmática.

— Ah, é perigoso pular no Xingu. Mesmo no início, há lugares em que não se pode fazê-lo. É preciso apenas atravessar com atenção.

— Eu não diria exatamente *atravessar* — disse a Sra. Ballinger, sarcástica.

A Sra. Roby olhou para ela com interesse.

— Ah... você sempre consegue ir com o fluxo?

A Sra. Ballinger hesitou.

— É lógico que há passagens difíceis — admitiu.

— Sim; algumas não são nada explícitas... mesmo — acrescentou a Sra. Roby — quando se tem familiaridade com o original.

— Imagino que você tenha? — interveio Osric Dane, lançando-lhe um olhar desafiador de repente.

A Sra. Roby respondeu com um gesto depreciativo.

— Ah, não é difícil até certo ponto; embora algumas das ramificações sejam pouco conhecidas, e é quase impossível chegar à fonte.

— Você já tentou? — questionou a Sra. Plinth, ainda desconfiada da profundidade da Sra. Roby.

A Sra. Roby ficou em silêncio por um instante; então respondeu com os olhos semicerrados:

— Não..., mas um amigo já; um homem brilhante; e ele me disse que é melhor que as mulheres... não tentem...

Um tremor percorreu a sala. A Sra. Leveret riu para que a criada, que estava entregando cigarros, não ouvisse; o rosto da Srta. Van Vluyck assumiu uma expressão de náusea, e a Sra. Plinth parecia ter encontrado alguém que não gostaria de cumprimentar. Mas o resultado mais impressionante das palavras da Sra. Roby foi o efeito que produziram na convidada ilustre do Clube do Almoço. As feições impassíveis de Osric Dane de repente suavizaram em uma expressão da mais tenra compaixão e, aproximando sua cadeira da Sra. Roby, ela perguntou:

— É mesmo? E... você achou que ele tinha razão?

A Sra. Ballinger, cuja gratidão pela ajuda que a Sra. Roby prestava começava a dar lugar a um aborrecimento com sua inusitada presunção de importância, não podia aceitar que lhe fosse permitido, por meios tão duvidosos, monopolizar a atenção da convidada. Se Osric Dane não tinha respeito próprio o suficiente para se ressentir da irreverência da Sra. Roby, o Clube do Almoço faria isso na pessoa de sua presidente.

A Sra. Ballinger colocou a mão no braço da Sra. Roby.

— Não podemos esquecer — disse, com uma amabilidade frígida — que por mais que Xingu nos interesse, pode não ser tão interessante para...

— Ah, não, não, ao contrário, eu garanto — interrompeu Osric Dane.

— ... Os outros — a Sra. Ballinger concluiu com firmeza. — E não devemos permitir que nossa reuniãozinha termine sem persuadir a Sra. Dane a dizer algumas palavras sobre um tema que, hoje, está muito mais presente no pensamento de todas nós. Me refiro, é óbvio, a *Asas da morte.*

As outras participantes, animadas por vários graus do mesmo sentimento, e incentivadas pelo semblante humanizado da temível convidada, repetiram a Sra. Ballinger:

— Ah, sim, você *precisa* falar um pouco sobre seu livro.

A expressão de Osric Dane demonstrou tanto tédio, embora não tanta arrogância, quanto na primeira vez em que sua obra fora mencionada. Mas antes que ela pudesse responder ao pedido da Sra. Ballinger, a Sra. Roby se levantou e começou a cobrir o nariz inconsequente com o véu.

— Sinto muito — disse, indo em direção à anfitriã com a mão estendida —, mas antes que a Sra. Dane comece acho melhor eu ir. Infelizmente, como vocês sabem, eu não li seus livros, e seria uma desvantagem terrível para o grupo. Além disso, combinei de jogar bridge.

Se a Sra. Roby tivesse citado apenas sua ignorância quanto às obras de Osric Dane como motivo para ir embora, o Clube do Almoço, em vista de sua proeza recente, talvez tivesse aprovado tal mostra de discrição; mas combinar essa desculpa com o anúncio descarado de que estava abrindo mão do privilégio para participar de um jogo de bridge era apenas mais um exemplo de sua deplorável falta de discernimento.

As senhoras estavam dispostas, no entanto, a acreditar que sua partida — agora que ela tinha prestado o único serviço de que seria capaz — provavelmente conferiria mais ordem e dignidade à discussão iminente, além de livrá-las do receio que sua presença sempre produzia misteriosamente. Então a Sra. Ballinger se limitou a um murmúrio formal de lamento, e as demais começavam a se agrupar confortavelmente ao redor de Osric Dane quando ela, para sua tristeza, se levantou do sofá onde estava sentada.

— Ah, espere... espere, eu vou com você! — disse à Sra. Roby.

E, apertando as mãos das demais senhoras constrangidas, despediu-se com a pressa mecânica de um condutor de trem validando bilhetes.

— Sinto muito... eu tinha esquecido... — disse para as senhoras já à porta. E, ao juntar-se à Sra. Roby, que se virara surpresa ao ouvir seu chamado, as outras senhoras ficaram horrorizadas ao ouvi-la dizer, em um tom de voz que não se esforçou para esconder: — Se me permitir caminhar um pouco com você, eu gostaria de fazer mais algumas perguntas sobre Xingu...

III

O incidente ocorrera tão rápido que a porta se fechou atrás da dupla que ia embora antes que as demais tivessem tempo para entender o que estava acontecendo. Então uma sensação da indignidade que se impôs sobre elas com a deserção sem cerimônia de Osric Dane começou a rivalizar com o sentimento confuso de que tinham sido descartadas sem saber exatamente como ou por quê.

Houve um silêncio, durante o qual a Sra. Ballinger, com uma mão distraída, reorganizou os livros habilmente dispostos para os quais a convidada não tinha nem olhado; então a Srta. Van Vluyck anunciou, sarcástica:

— Bom, não posso dizer que considere a partida de Osric Dane uma perda tão grande.

Essa confissão cristalizou o ressentimento das demais, e a Sra. Leveret exclamou:

— Acho mesmo que ela veio com o propósito de ser desagradável!

A opinião da Sra. Plinth era a de que a atitude de Osric Dane com o Clube do Almoço talvez fosse diferente se ela tivesse sido recebida no cenário majestoso de sua galeria; mas, sem vontade de refletir sobre a inadequação da posição da Sra. Ballinger, ela buscou satisfação ao depreciar sua falta de visão.

— Eu disse desde o início que devíamos ter um tema. É o que sempre acontece quando não estamos preparadas. Se tivéssemos abordado Xingu...

A lentidão dos processos mentais da Sra. Plinth sempre foi aceita pelo clube; mas aquilo era demais para a serenidade da Sra. Ballinger.

— Xingu! — zombou. — Ora, foi exatamente o fato de sabermos muito mais a respeito do que ela, por mais despreparadas que estivéssemos, que deixou Osric Dane tão furiosa. Eu achei que isso estivesse óbvio para todas!

Essa reação impressionou até mesma a Sra. Plinth, e Laura Glyde, movida por um impulso de generosidade, disse:

— Sim, devemos ser gratas à Sra. Roby por introduzir o assunto. Deixou Osric Dane furiosa, mas pelo menos ela agiu como uma pessoa civilizada.

— Estou feliz por termos mostrado a ela — acrescentou a Srta. Van Vluyck — que uma cultura ampla e atual não se limita aos grandes centros intelectuais.

Isso aumentou a satisfação das demais, e elas começaram a esquecer a ira contra Osric Dane ao sentir o prazer de ter contribuído para seu vexame.

A Srta. Van Vluyck limpou os óculos, pensativa:

— O que me deixou mais surpresa — continuou — foi Fanny Roby saber tanto sobre Xingu.

Essa observação causou um leve calafrio no grupo, mas a Sra. Ballinger disse, com um ar de ironia indulgente:

— A Sra. Roby sempre consegue tirar água de pedra; ainda assim, certamente devemos dar-lhe crédito por lembrar que já tinha ouvido falar de Xingu.

E isso foi recebido pelas demais como um modo gracioso de cancelar toda e qualquer obrigação do clube com a Sra. Roby de uma vez por todas.

Até mesmo a Sra. Leveret teve coragem de lançar uma tímida flecha de ironia:

— Imagino que Osric Dane não esperava por uma aula de Xingu em Hillbridge!

A Sra. Ballinger sorriu.

— Quando ela me perguntou o que representávamos... lembram? Queria ter dito que representávamos Xingu!

Todas riram daquela tirada, exceto a Sra. Plinth, que disse, após pensar um pouco:

— Não sei se isso teria sido sábio.

A Sra. Ballinger, que já estava começando a se sentir como se tivesse mesmo dado a resposta que acabara de lhe ocorrer, olhou para a Sra. Plinth com ironia.

— Posso perguntar por que acha isso? — perguntou.

A Sra. Plinth pareceu séria.

— Lógico — respondeu. — Entendi, pelo que disse a própria Sra. Roby, que não seria adequado se aprofundar no assunto?

A Srta. Van Vluyck respondeu com precisão:

— Acho que isso se aplica apenas a uma investigação da origem do... do... — E de repente descobriu que sua memória, que geralmente era precisa, a deixara na mão. — É uma parte do assunto que eu mesma nunca estudei — concluiu.

— Nem eu — disse a Sra. Ballinger.

Laura Glyde curvou-se na direção delas com os olhos arregalados.

— E, no entanto, parece... não parece? A parte que é cheia de uma fascinação exotérica?

— Não sei em que você baseia isso — argumentou a Srta. Van Vluyck.

— Bem, você não percebeu como Osric Dane ficou interessada quando ouviu o que o estrangeiro brilhante... ele *era* estrangeiro, não era? Disse à Sra. Roby sobre a origem... a origem do rito... ou como quer que o chamem?

A Sra. Plinth pareceu reprovar, e a Sra. Ballinger visivelmente hesitou. Então disse:

— Pode não ser desejável tocar no... nessa parte do assunto em conversas em geral; mas, dada a importância que evidentemente tem para uma mulher distinta como Osric Dane, acho que não devemos ter medo de discutir entre nós, sem luvas, a portas fechadas, se necessário.

— Sou da mesma opinião — a Srta. Van Vluyck logo a apoiou. — Com a condição, é óbvio, de que qualquer linguagem grosseira seja evitada.

— Ah, estou certa de que entenderemos sem recorrer a isso — respondeu a Sra. Leveret com uma risadinha.

E Laura Glyde acrescentou, expressiva:

Imagino que possamos ler as entrelinhas.

E a Sra. Ballinger se levantou para se assegurar de que todas as portas estavam mesmo fechadas.

A Sra. Plinth ainda não aprovava.

— Não consigo ver — disse — que benefícios podemos tirar da investigação de costumes tão peculiares...

Mas a paciência da Sra. Ballinger tinha chegado ao limite da tensão.

— Pelo menos — respondeu — o fato de que não seremos colocadas novamente na posição humilhante de sermos superadas em nossas áreas por Fanny Roby!

Até para a Sra. Plinth esse argumento era conclusivo. Ela olhou ao redor da sala e baixou o tom ao perguntar:

— Você tem uma cópia?

— Uma... uma cópia? — gaguejou a Sra. Ballinger. Então percebeu que as demais olhavam para ela com expectativa, e que essa resposta não era apropriada, e completou com outra pergunta. — Uma cópia do quê?

As companheiras lançaram um olhar esperançoso à Sra. Plinth, que parecia menos segura de si que de costume.

— Ora, do... do... do livro — explicou.

— Que livro? — retrucou a Srta. Van Vluyck, quase tão brusca quanto Osric Dane.

A Sra. Ballinger olhou para Laura Glyde, que olhava para a Sra. Leveret com interrogação. O fato de ser consultada era tão novo para ela que a encheu de uma temeridade insana.

— Ora, Xingu, é lógico! — exclamou.

Um silêncio profundo se seguiu a esse desafio dos recursos da biblioteca da Sra. Ballinger, que depois de olhar nervosa para o Livros do Dia, respondeu com dignidade:

— Não é algo que se deixe exposto por aí.

— É óbvio que não! — exclamou a Sra. Plinth.

— É um livro, então? — perguntou a Srta. Van Vluyck.

Isso deixou o grupo confuso mais uma vez, e a Sra. Ballinger, com um suspiro impaciente, respondeu:

— Ora... *existe* um livro... naturalmente...

— Então por que a Srta. Glyde chamou de religião?

Laura Glyde foi pega de surpresa.

— Religião? Eu não...

— Chamou, sim — insistiu a Srta. Van Vluyck. — Você falou de ritos; e a Sra. Plinth disse que era um costume.

A Srta. Glyde evidentemente estava se esforçando muito para se lembrar de sua afirmação; mas a precisão nos detalhes não era seu forte.

Por fim, começou a murmurar profundamente:

— Eles faziam mesmo algo do tipo nos mistérios de Elêusis...

— Ah... — exclamou a Srta. Van Vluyck, quase em reprovação.

E a Sra. Plinth protestou:

— Eu achei que não recorreríamos a indelicadezas!

A Sra. Ballinger não conseguiu controlar sua irritação.

— Realmente é uma pena que não possamos conversar sobre o assunto calmamente entre nós. Acho que quando se trata do Xingu...

— Ah, eu também acho! — exclamou a Srta. Glyde.

— E não vejo como seria possível evitá-lo, se quisermos acompanhar o Pensamento do Dia...

A Sra. Leveret soltou uma exclamação de alívio.

— Isso... é isso! — interrompeu.

— O quê? — perguntou a presidente.

— Ora... é... um pensamento: quer dizer, uma filosofia.

Isso pareceu trazer certo alívio à Sra. Ballinger e à Laura Glyde, mas a Srta. Van Vluyck disse:

— Me perdoem por dizer que vocês estão todas enganadas. Xingu é uma língua.

— Uma língua! — exclamou o Clube do Almoço.

— Certamente. Vocês não se lembram de quando Fanny Roby disse que há várias ramificações e que algumas eram difíceis de rastrear? Isso certamente se aplica a dialetos.

A Sra. Ballinger não conseguiu conter uma risada desdenhosa.

— Realmente, se o Clube do Almoço chegou ao ponto de ter de consultar Fanny Roby para receber instruções sobre um assunto como Xingu, talvez seja melhor que ele deixe de existir!

— A culpa é dela por não ter sido mais explícita — contribuiu Laura Glyde.

— Ah, nitidez e Fanny Roby! — A Sra. Ballinger deu de ombros.

— Ouso dizer que vamos descobrir que ela estava enganada em quase tudo.

— Por que não pesquisamos? — disse a Sra. Plinth.

Via de regra, essa sugestão recorrente da Sra. Plinth era ignorada no calor da discussão e apenas acatada na privacidade do lar de cada uma delas. Mas, nesta ocasião, o desejo de atribuir a própria confusão de pensamento à natureza vaga e contraditória das afirmações da Sra. Roby fez com que as participantes do Clube do Almoço movessem uma demanda coletiva por um livro de referência.

A essa altura, seu estimado volume conferiu à Sra. Leveret, por um instante, a experiência incomum de ocupar o centro do grupo; mas ela não conseguiu manter a posição, pois *Alusões adequadas* não mencionava Xingu.

— Ah, não é isso que queremos! — exclamou a Srta. Van Vluyck. Ela lançou um olhar afrontoso à variedade literária da Sra. Ballinger e acrescentou, impaciente: — Você não tem nenhum livro útil?

— É lógico que tenho — respondeu a Sra. Ballinger, indignada. — Eles ficam no armário do meu marido.

Após alguma dificuldade e demora, a criada trouxe o volume W-Z da Enciclopédia e, respeitando o fato de que o pedido viera da Srta. Van Vluyck, colocou o volume pesado diante dela.

Houve um momento de suspense doloroso enquanto a Srta. Van Vluyck limpava os óculos, ajustava-os ao rosto, e ia até a letra Z*; e um murmúrio de surpresa quando ela disse:

— Não está aqui.

— Imagino — disse a Sra. Plinth — que não seja apropriado para um livro de referência.

— Ah, bobagem! — exclamou a Sra. Ballinger. — Tente o X.

A Srta. Van Vluyck avançou pelo volume, percorrendo, míope, as páginas, até que parou e ficou imóvel, como um cão em alerta.

— E então, achou? — perguntou a Sra. Ballinger após um tempo considerável.

— Sim, achei — respondeu a Srta. Van Vluyck em um tom de voz estranho.

A Sra. Plinth interrompeu apressada:

— Imploro que não leia em voz alta se for algo ofensivo.

A Srta. Van Vluyck, sem responder, continuou sua análise silenciosa.

— Bem, o que é? — exclamou Laura Glyde entusiasmada.

— Fale *logo*! — instou a Sra. Leveret, antecipando que teria algo espantoso para contar à irmã.

A Srta. Van Vluyck deixou o livro de lado e virou-se lentamente para o grupo que aguardava.

---

* A pronúncia de "Xingu" entre alguns falantes de língua inglesa está mais próxima de algo como "Zingu", daí a confusão das personagens.

— É um rio.

— Um *rio*?

— Sim: no Brasil. Não era lá que ela morava?

— Quem? Fanny Roby? Ah, você deve ter se enganado, leu a entrada errada — exclamou a Sra. Ballinger, se aproximando para ler o volume.

— É o único Xingu da Enciclopédia; e ela morava *sim* no Brasil — insistiu a Srta. Van Vluyck.

— Sim; seu irmão tem uma consultoria lá — interrompeu a Sra. Leveret.

— Mas é ridículo demais! Eu... nós... por que *todas* nós nos lembramos de ter estudado Xingu ano passado... ou no ano anterior — gaguejou a Sra. Ballinger.

— Eu achei que tinha estudado quando *você* disse — confessou Laura Glyde.

— Eu disse? — exclamou a Sra. Ballinger.

— Sim. Você disse que não conseguia pensar em mais nada.

— Bom, *você* disse que mudou sua vida!

— Falando nisso, a Srta. Van Vluyck disse que nunca se arrependeu do tempo dedicado a ele.

A Sra. Plinth interveio:

— Eu deixei evidente que não sabia nada do original!

A Sra. Ballinger interrompeu a disputa com um gemido.

— Ah, de que importa se ela estava nos fazendo de bobas? Acredito que a Srta. Van Vluyck tem razão... ela estava falando do rio, sim!

— Como pôde? É um absurdo! — exclamou a Srta. Glyde.

— Ouçam — a Srta. Van Vluyck voltou a pegar a Enciclopédia e recolocou os óculos sobre o nariz, que estava vermelho de entusiasmo. — "O Xingu, um dos principais rios do Brasil, nasce no planalto de Mato Grosso e flui na direção norte durante nada menos que 1800 quilômetros, entrando no Amazonas próximo de sua foz. O curso superior do Xingu é aurífero e alimentado por numerosas ramificações. Sua origem foi descoberta em 1884 pelo explorador alemão Von den Steinen, após uma expedição difícil e perigosa pela região habitada por povos cuja cultura ainda era a da Idade da Pedra."

As senhoras receberam a informação em um estado de silêncio perplexo do qual a Sra. Leveret foi a primeira a se recuperar.

— Ela falou *mesmo* de ramificações.

A palavra pareceu romper o último fio de incredulidade.

— E da grande extensão — completou a Sra. Ballinger, em choque.

— Ela disse que era muito profundo e que não dava para pular... era preciso atravessar — acrescentou a Srta. Glyde.

A ideia avançou mais lentamente pelas resistências compactas da Sra. Plinth.

— Como poderia haver algo impróprio se tratando de um rio? — questionou.

— Impróprio?

— Ora, o que ela disse sobre a fonte... que era corrupta?

— Não corrupta, difícil de chegar — corrigiu Laura Glyde.

— Alguém que esteve lá disse isso a ela. Ouso dizer que foi o próprio explorador... a Enciclopédia não diz que a expedição foi perigosa?

— Difícil e perigosa — leu a Srta. Van Vluyck.

A Sra. Ballinger levou as mãos às têmporas, que latejavam.

— Nada do que ela disse não se aplicaria a um rio... a esse rio! — Ela virou-se abruptamente para as demais. — Ora, vocês se lembram de quando ela disse que não leu *Instante supremo* porque levou o livro a uma festa em um barco enquanto estava com o irmão, e alguém "tacou" o livro na água... "tacou", é lógico, foi a expressão que ela mesma usou.

As senhoras demonstraram com um suspiro que tinham mesmo percebido o uso da expressão.

— Bom... e depois ela não disse à Osric Dane que um dos livros dela estava cheio de Xingu? É lógico, um dos amigos desordeiros da Sra. Roby lançou o livro no rio!

A reconstrução surpreendente da cena da qual tinha acabado de participar deixou todas as participantes do Clube do Almoço sem palavras.

Por fim, a Sra. Plinth, após pensar explicitamente no assunto, disse em tom pesaroso:

— Osric Dane também foi enganada.

Isso encorajou a Sra. Leveret.

— Talvez tenha sido por isso que a Sra. Roby fez o que fez. Ela disse que Osric Dane era grosseira, e talvez quisesse ensinar-lhe uma lição.

A Srta. Van Vluyck franziu a testa.

— Mas valeu a pena fazer isso às nossas custas?

— Pelo menos — disse a Srta. Glyde com um toque de amargura — ela conseguiu deixá-la interessada, o que nós não conseguimos.

— Que chance tivemos de fazer isso? — perguntou a Sra. Ballinger. — A Sra. Roby a monopolizou desde o início. E *esse*, não tenho dúvidas, era seu propósito... dar à Osric Dane uma falsa impressão a respeito de sua posição no clube. Ela não hesitaria em chamar atenção: sabemos que ela enganou o pobre professor Foreland.

— Ela o obriga a ser anfitrião do bridge toda quinta-feira — a Sra. Leveret ergueu o tom de voz.

Laura Glyde uniu as mãos em uma palma única.

— Ora, hoje é quinta-feira, e ela foi para *lá*, é lógico; e levou Osric junto!

— E neste instante elas estão rindo de nós — disse a Sra. Ballinger com os dentes cerrados.

Essa possibilidade pareceu absurda demais para que elas admitissem.

— Ela não ousaria — disse a Srta. Van Vluyck — confessar a fraude a Osric Dane.

— Eu não teria tanta certeza: acho que a vi fazer um sinal ao sair. Se não tivesse feito um sinal, por que Osric Dane teria ido atrás dela com tanta pressa?

— Bem, nós ficamos comentando o quanto Xingu era maravilhoso, e ela disse que queria saber mais — disse a Sra. Leveret, com um impulso tardio de justiça em relação às ausentes.

Essa lembrança, longe de mitigar a ira das demais, conferiu-lhe mais ímpeto.

— Sim... e é exatamente disso que as duas estão rindo agora — disse Laura Glyde com ironia.

A Sra. Plinth se levantou e reuniu suas peles caras em um gesto monumental.

— Longe de mim criticar — disse —, mas se o Clube do Almoço não pode proteger as participantes da ocorrência de cenas tão... tão impróprias, eu...

— Ah, eu também! — concordou a Srta. Glyde, também se levantando.

A Srta. Van Vluyck fechou a Enciclopédia e começou a fechar o casaco.

— Meu tempo é valioso demais — começou.

— Suponho que estejamos todas de acordo — disse a Sra. Ballinger, lançando um olhar inquisidor para a Sra. Leveret, que olhava para as demais.

— Eu sempre desprezo qualquer escândalo... — continuou a Sra. Plinth.

— Ela causou um hoje! — exclamou a Srta. Glyde.

A Sra. Leveret soltou um gemido:

— Não entendo como ela *pôde*!

E a Srta. Van Vluyck disse, pegando o caderno:

— Algumas mulheres não têm limites.

— ... Mas se — a Sra. Plinth retomou seu argumento de maneira impressionante — algo desse tipo tivesse acontecido em *minha* casa — seu tom implicava que jamais teria acontecido — eu tomaria como uma obrigação pedir a renúncia da Sra. Roby... ou oferecer a minha.

— Ah, Sra. Plinth — o Clube do Almoço suspirou.

— Para minha sorte — continuou a Sra. Plinth, com uma magnanimidade tremenda —, a questão foi tirada de minhas mãos pela decisão de nossa presidente de que o direito de receber convidadas ilustres era um privilégio investido em seu cargo; e acho que as demais vão concordar que, como era a única que tinha essa opinião, deve decidir sozinha o melhor modo de apagar suas... suas consequências deploráveis.

Um silêncio profundo se seguiu a esse surto de ressentimento reprimido da Sra. Plinth.

— Não vejo por que eu deveria pedir a ela que renunciasse...

A Sra. Ballinger começou a falar, mas Laura Glyde virou-se para lembrá-la:

— Sabe que ela fez com que você dissesse que conseguiu ir com o fluxo do Xingu.

Uma risadinha importuna escapou da Sra. Leveret, e a Sra. Ballinger continuou, enérgica:

— ... Mas não achem nem por um segundo que tenho medo de fazê-lo!

A porta da sala se fechou nas costas do Clube do Almoço, e a presidente daquela distinta associação, sentando-se à escrivaninha, e empurrando uma cópia de *Asas da morte* para abrir espaço para seu cotovelo, pegou uma folha de papel do Clube, na qual começou a escrever: "Cara Sra. Roby..."

Heidi *(fragmento)*

JOHANNA SPYRI

Assim que Dete desapareceu, o velho voltou ao seu banco, e lá ficou sentado, olhando para o chão sem emitir um só som, enquanto ondulações grossas de fumaça subiam de seu cachimbo. Enquanto isso, Heidi se divertia no novo ambiente; olhou ao redor até encontrar um galpão, encostado na choupana, onde as cabras eram mantidas; espiou lá dentro, e viu que estava vazia. Continuou a busca e logo chegou aos abetos atrás da choupana. Uma brisa forte soprava entre as árvores e um rugido ressoava entre os galhos mais altos, e Heidi ficou quieta para ouvir. Quando o som ficou mais fraco, ela voltou caminhar, foi até o canto mais distante da choupana e deu a volta até onde o avô estava sentado. Vendo que ele estava exatamente na mesma posição em que ela o deixara, ela se colocou diante do velho e, colocando as mãos atrás das costas, ficou ali olhando para ele. O avô levantou o olhar, e ela ficou ali sem se mexer.

— O que você quer? — perguntou ele.

— Quero ver o que tem dentro da casa — respondeu Heidi.

— Então, venha!

E o avô se levantou e seguiu até a choupana na frente dela.

— Traga sua trouxa de roupas — ordenou ele enquanto ela o seguia.

— Não as quero mais — foi a resposta imediata.

O velho se virou e olhou profundamente para a criança, cujos olhos escuros brilhavam antecipando o que veriam lá dentro.

— Certamente não lhe falta inteligência — murmurou para si mesmo. — E por que não as quer mais? — perguntou em voz alta.

— Porque quero andar por aí como as cabras com suas pernas finas e leves.

— Bom, pode fazer isso se quiser — disse o avô —, mas traga as coisas para dentro, precisamos guardá-las no armário.

Heidi fez o que ele mandou. O velho abriu a porta e Heidi entrou atrás dele; ela se viu em um cômodo de um tamanho bom, que ocupava todo o térreo da choupana. Uma mesa e uma cadeira eram os únicos móveis; em um canto ficava a cama do avô, no outro ficava a lareira com uma chaleira grande pendurada sobre ela; e na parede mais distante havia uma porta grande — que era o armário. O avô abriu o armário; dentro ficavam suas roupas, algumas penduradas, outras, algumas camisas, meias e lenços, em uma prateleira; em uma segunda prateleira ficavam pratos, xícaras e copos, em outra, mais alta, um pão redondo, carne defumada e queijo; tudo de que o Tio dos Alpes precisava em termos de comida e roupas ficava guardado nesse armário. Heidi, assim que o armário foi aberto, avançou correndo e jogou lá dentro sua trouxa de roupas, o mais fundo possível atrás das roupas do avô, para que não pudessem ser facilmente encontradas. Então ela olhou ao redor com atenção e perguntou:

— Onde vou dormir, vovô?

— Onde você quiser — respondeu ele.

Heidi ficou feliz, e começou a examinar cada cantinho para descobrir onde seria mais agradável dormir. No canto próximo à cama do avô ela viu uma escada encostada na parede; subiu e viu que estava no palheiro. Havia ali um monte de feno fresco de aroma adocicado, e pela janela redonda ela viu o vale lá embaixo.

— Vou dormir aqui, vovô — gritou lá para baixo. — É lindo aqui em cima. Venha ver como é lindo!

— Ah, eu sei bem que é — gritou ele lá para cima em resposta.

— Estou arrumando a cama agora — ela gritou lá para baixo de novo, ocupada com a tarefa —, mas vou querer que me traga um lençol; não se pode ter uma cama sem lençol, é preciso cobri-la com ele.

— Está bem — disse o avô, e foi até o armário e, depois de vasculhar o interior do móvel por alguns minutos, tirou de lá algo comprido e grosso, que era tudo o que ele tinha para fazer as vezes de lençol. Levou até o palheiro e viu que Heidi já tinha feito uma bela caminha. Colocara uma pilha extra na extremidade para fazer as vezes de travesseiro, e montou tudo de modo que, deitada, conseguisse olhar pela janela redonda.

— Excelente — disse o avô. — Agora precisamos colocar o lençol, mas espere um instante. — E ele pegou mais um punhado de feno para deixar a cama mais grossa, para que a criança não sentisse o chão duro. — Pronto, agora traga aqui.

Heidi pegou o lençol, mas era quase pesado demais para que ela carregasse; era uma coisa boa, no entanto, pois o tecido grosso evitaria que os fenos afiados atravessassem e a espetassem. Juntos eles estenderam o lençol sobre a cama e, onde ele ficava comprido ou largo demais, Heidi logo enfiou debaixo do feno. Agora parecia uma cama tão arrumada e confortável quanto qualquer outra, e Heidi ficou em pé olhando para sua obra, pensativa.

— Esquecemos uma coisa, vovô — disse ela após um curto silêncio.

— O quê? — perguntou ele.

— Uma coberta; quando nos deitamos na cama, devemos entrar entre o lençol e a coberta.

— Ah, é assim, é? Mas e se eu não tiver uma coberta?

— Bom, não importa, vovô — disse Heidi, em um tom de voz consolador —, posso pegar um pouco mais de feno para me cobrir — e já estava virando rápido para pegar mais uma braçada de feno quando o avô a deteve.

— Espere um instante — disse ele, e desceu a escada e foi até sua cama. Voltou ao andar de cima com um saco grande e grosso, feito de linho, que jogou sobre a cama, exclamando: — Assim é melhor, não é?

Heidi começou a puxar o saco com toda a sua forcinha, tentando deixá-lo esticado, mas suas mãozinhas não serviam para um trabalho tão pesado. O avô veio ajudá-la, e quando esticaram bem o saco sobre a cama, ela pareceu tão boa e quente e confortável que Heidi ficou olhando encantada.

— É uma coberta esplêndida — disse — e a cama parece muito bem arrumada! Queria que já fosse noite para que eu pudesse me deitar nela de uma vez.

— Acho que precisamos comer algo primeiro — disse o avô. — O que acha?

Heidi, na empolgação de arrumar a cama, esquecera todo o resto. Mas agora, ao pensar em comida, sentiu muita fome, pois não tinha comido nada desde o pedaço de pão e a canequinha de café ralo que tomou naquela manhã antes de iniciar sua jornada longa e quente. Então respondeu sem hesitar:

— É, acho que sim.

— Vamos descer então, já que concordamos — disse o velho e seguiu a criança escada abaixo.

Então ele foi até à lareira, empurrou a chaleira grande para o lado, pegou a pequena que estava pendurada na corrente e, sentado no banquinho de três pés em frente ao fogo, soprou, produzindo uma chama clara e reluzente. A chaleira logo começou a ferver, e o velho segurou um pedaço grande de queijo em um garfo longo sobre o fogo, rodando-o até ficar bem tostado, assumindo um tom amarelo dourado em todos os lados. Heidi assistiu a tudo isso com uma curiosidade ávida. De repente, uma ideia nova pareceu surgir em sua cabeça, pois ela virou e correu até o armário, e começou a ir e voltar ocupada.

Logo o avô se levantou e foi até a mesa com uma jarra e o queijo, e encontrou-a já bem arrumada com o pão redondo e dois pratos e duas facas cada uma em seu lugar; Heidi tinha memorizado tudo o que havia no armário e sabia que objetos seriam necessários para a refeição.

— Ah, isso mesmo — disse o avô. — Fico feliz por ver que você sabe se virar — e enquanto falava ele colocou o queijo tostado sobre uma camada de pão —, mas ainda está faltando uma coisa.

Heidi olhou para a jarra que fumegava convidativa e correu de volta até o armário. De início, só viu uma pequena tigela na prateleira, mas não ficou confusa por muito tempo, pois logo enxergou dois copos no fundo e, sem perder tempo, voltou com os copos e a tigela e os colocou sobre a mesa.

— Ótimo, estou vendo que você sabe arrumar as coisas, mas onde vai se sentar?

O avô estava sentado na única cadeira que havia ali. Heidi correu até o fogo e, após arrastar o banquinho de três pernas até a mesa, sentou-se nele.

— Bem, estou vendo que arranjou um lugar onde se sentar, mas infelizmente é muito baixo — disse o avô —, mas você não seria alta o bastante para alcançar a mesa mesmo que se sentasse na minha cadeira; o mais importante agora, no entanto, é comer alguma coisa, então venha.

E ele se levantou, encheu a tigela de leite e, colocando-a sobre a cadeira, empurrou-a até Heidi, sentadinha em seu banquinho de três pernas, para que ela tivesse uma mesa. Então lhe trouxe uma fatia grande de pão e um pedaço do queijo dourado, e disse a ela que comesse. Depois disso, sentou-se no canto da mesa e começou a comer também. Heidi levantou a tigela com as duas mãos e bebeu sem parar até esvaziá-la, pois a sede de toda a jornada quente tinha voltado.

Então respirou fundo — na ânsia da sede, não tinha parado para respirar — e largou a tigela.

— O leite estava bom? — perguntou o avô.

— Nunca bebi um tão gostoso — respondeu Heidi.

— Então tome mais — e o velho encheu a tigela de novo até a borda e a colocou diante da criança, que faminta começara a comer o pão após ter espalhado o queijo, que depois de tostado ficou macio como manteiga; os dois juntos eram deliciosos, e a criança parecia a própria imagem da satisfação sentada ali comendo, e bebendo goles do leite de vez em quando. Quando terminaram a refeição, o avô saiu para colocar ordem no estábulo, e Heidi assistiu com interesse enquanto ele varria e colocava feno fresco para as cabras. Então ele foi até o pequeno galpão e lá cortou alguns gravetos longos e redondos, e uma pequena tábua redonda; na tábua ele fez uns furos, onde enfiou os gravetos, e ali estava, como mágica, um banquinho de três pernas exatamente como o do avô, apenas mais alto. Heidi ficou olhando para o banquinho, sem palavras, espantada.

— O que você acha que é? — perguntou o avô.

— É meu banquinho, eu sei, porque é bem alto; e foi feito em um minuto — disse a criança, ainda perdida em admiração e espanto.

— Ela entende o que vê, os olhos estão no lugar certo — o avô disse a si mesmo, dando a volta na choupana, batendo em um prego aqui e ali, ou prendendo a porta, e indo de um ponto ao outro com martelo e pregos e pedaços de madeira, consertando ou limpando o que quer que fosse preciso consertar ou limpar. Heidi acompanhou passo a passo, seus olhos observando atentos tudo o que ele fazia, e tudo o que ela via era uma fonte de prazer.

E assim o tempo passou feliz até a noite. E o vento começou a rugir mais alto que nunca entre os velhos abetos. Heidi ouviu o som com prazer, e ele encheu tanto seu coração de alegria que ela saltitou e dançou ao redor das árvores, como se tivesse sido tomada por uma felicidade desconhecida. O avô ficou assistindo da choupana.

De repente, um assovio estridente ressoou. Heidi parou com a dança, e o avô saiu. Do alto, as cabras vieram pulando uma após a outra, Peter entre elas. Heidi disparou com um grito de alegria e correu entre o rebanho, cumprimentando uma e outra das velhas amigas que vira pela manhã. Ao se aproximarem da choupana, as cabras pararam, e duas delas, dois belos animais esguios, um branco e o outro marrom, correram até o avô e começaram a lamber suas mãos, pois ele segurava um pouco de sal que deixava sempre preparado para quando as cabras voltassem para casa. Peter desapareceu com o restante do rebanho. Heidi acariciou as duas cabras, uma de cada vez, correndo primeiro para um lado e depois para o outro, e saltitando de alegria com os animaizinhos lindos.

— São suas, vovô? As duas são suas? Você vai colocá-las no estábulo? Elas vão ficar sempre conosco?

As perguntas de Heidi foram saindo uma após a outra, e o avô só teve tempo de responder a cada uma delas com "Sim, sim". Quando as cabras terminaram de lamber o sal, o avô disse a ela que fosse buscar a tigela e o pão.

Heidi obedeceu e logo estava de volta. O avô ordenhou a cabra branca e encheu a tigela, então partiu um pedaço de pão.

— Agora, coma o jantar — disse — e vá para a casa. A prima Dete deixou outra trouxinha para você com uma camisola e outras coisinhas que você vai encontrar no armário se quiser. Preciso ir prender as cabras, então vá e durma bem.

— Boa noite, vovô! Boa noite. Como elas se chamam, vovô, como elas se chamam? — perguntou ela correndo atrás do avô e das cabras.

— A branca se chama Cisne e a marrom se chama Ursinha — respondeu ele.

— Boa noite, Cisne, boa noite, Ursinha! — gritou ela mais uma vez bem alto, pois as cabras já estavam dentro do estábulo.

E ela se sentou e passou a comer e beber, mas o vento estava tão forte que quase a levou; então ela se apressou e terminou logo o jantar, entrou e foi para a cama, onde logo estava deitada dormindo tão docemente quanto qualquer princesinha em sua cama de seda.

Não muito depois, enquanto a noite ainda caía, o avô também foi se deitar, pois levantava todos os dias ao nascer do sol, e o sol vinha subindo pelas montanhas bem cedinho nos meses de verão. O vento ficou tão tempestuoso durante a noite, e soprou em rajadas tão fortes contra as paredes, que a choupana tremeu e as velhas vigas rangeram e gemeram; desceu a chaminé uivando e gritando como a voz de quem sofre, e rugiu com tanta fúria entre os velhos abetos que aqui e ali galhos se partiram e caíram. No meio da noite, o velho acordou.

— A criança deve estar com medo — murmurou à meia voz.

Subiu a escada e se colocou ao lado da cama da criança.

Lá fora a lua lutava contra as nuvens escuras e velozes, quando uma a deixava brilhar, a próxima a cobria, e tudo voltava a ficar escuro. Neste instante o luar entrava pela janela redonda iluminando a cama de Heidi. Ela estava deitada embaixo da coberta pesada, o rosto rosado de sono, a cabeça descansando tranquila em seu bracinho redondo e com uma expressão feliz no rosto de bebê, como quem sonha com algo agradável. O velho ficou olhando para a criança adormecida até a lua voltar a desaparecer entre as nuvens e ele não enxergar mais nada, e voltou para a cama.

De "Bacanal"

MATTHEW ARNOLD

A noite chega, o campo está manso.
O tilintar do riacho no remanso,
De dia em silêncio, agora se liberta;
Na planície aparada e deserta,
Tecituras as faixas! a carroça coberta,
O grito do segador; do cão, os latidos,
Todos pelo sono acometidos!
O trabalho do dia já cumprido,
O enfardadeiro exaurido.
E do tomilho nas alturas,
E da flor do sabugo a brancura
E da roseira-brava nos arbustos,
E da hortelã em maços robustos,
Em sopros de bálsamo a brisa soprou
O perfume que o dia renegou.
E lá no horizonte distante,
Veja, a primeira estrela pulsante
O céu líquido que cobre o manto!
A noite chega, o campo está manso.

Vadiando e saltando,
Com ginga, com jeito
Cintilando e circulando
Em fila e em roda
O tirso verde alegre
No ar a lançar,
Sobre os ombros brancos
Os cabelos a soltar
Veja! As Ménades surgem
Do bosque selvagens,
Juventude e Iaco
Em libertinagem.

Veja! Pelo campo a sussurrar
Em tumultuo passam
Lançam os montes frescos ao ar,
Pisoteiam o gramado.
Arrancam da cerca-viva aparada
Guirlandas, sua recompensa;
Enchem de brincadeiras o campo,
De sua ruidosa presença.

Pastor, o que lhe aflige então?
Pastor, por que tão calado?
Avante com tua alegre cantiga,
Por tua flauta embalada!
Não o tentam com sua alegria?
Seus gritos não o chamam?
Seus ombros não reluzem macios?
Seus olhos não se derramam?
E não lhe parece adorável
Nesse rosto o rubor?
— *Ah, o silêncio era também!*
Era também o torpor!

Três perguntas

LIEV TOLSTÓI

Certa vez, ocorreu a determinado rei que, se ele sempre soubesse a hora certa de começar tudo, se sempre soubesse quem eram as pessoas certas a ouvir, e aquelas a evitar, e, acima de tudo, se sempre soubesse qual era a coisa mais importante a fazer, ele jamais fracassaria em qualquer coisa que tentasse.

E tendo pensado isso, mandou proclamarem em todo o reino que daria uma grande recompensa a qualquer pessoa que o ensinasse a hora certa de qualquer ação e quem eram as pessoas mais necessárias, e como ele poderia saber qual era a coisa mais importante a fazer.

E eruditos vieram até o rei, mas cada um respondeu a suas perguntas de um jeito diferente.

Em resposta à primeira questão, alguns disseram que, para saber a hora certa de agir, é preciso traçar com antecedência um quadro de dias, meses e anos, e viver estritamente de acordo com esse quadro. Só assim, diziam, tudo seria feito na hora certa. Outros declararam que era impossível decidir de antemão a hora certa para cada ação; mas que, sem se permitir ser tomado por passatempos ociosos, era preciso sempre estar atento a tudo, e fazer o que é mais necessário. Outros, ainda, disseram que, por mais atento que o rei fosse aos acontecimentos, era impossível que um homem decidisse corretamente a hora certa de cada ação, mas que ele devia ter um Conselho de homens sábios, que o ajudariam a fixar a hora certa para tudo.

Mas outros disseram que havia assuntos que não podiam esperar para serem apresentados a um Conselho, e que era preciso decidir de pronto enfrentá-los ou não. Mas, para decidir isso, seria preciso saber com antecedência o que aconteceria. Apenas magos sabem disso; portanto, para saber a hora certa de cada ação, seria preciso consultar os magos.

Igualmente variadas foram as respostas para a segunda pergunta. Alguns diziam que as pessoas de quem o rei mais precisava eram seus conselheiros; outros, os sacerdotes; outros, os médicos; e alguns diziam que os guerreiros eram os mais necessários.

À terceira pergunta, a respeito da ocupação mais importante: alguns responderam que a coisa mais importante do mundo era a ciência. Outros disseram que era a habilidade na guerra; outros, ainda, que era a adoração religiosa.

Como todas as respostas eram diferentes, o rei não concordou com nenhuma, e não recompensou ninguém. Mas ainda querendo encontrar as respostas corretas a suas perguntas, decidiu consultar um eremita, muito famoso por sua sabedoria.

O eremita vivia em uma floresta de onde nunca saía e recebia apenas pessoas comuns. Então o rei vestiu roupas simples, desceu do cavalo antes de chegar à cela do eremita e, deixando a guarda para trás, entrou sozinho.

Quando o rei se aproximou, o eremita estava cavando o chão em frente à sua cabana. Ao ver o rei, ele o cumprimentou e seguiu cavando. O eremita era frágil e fraco, e a cada vez que enfiava a pá no chão e tirava um pouco de terra, respirava com dificuldade.

O rei foi até ele e disse:

— Vim até você, sábio eremita, pedir que responda a três perguntas: como posso aprender a fazer a coisa certa na hora certa? Quem são as pessoas de quem mais preciso, e a quem eu deveria, portanto, dar mais atenção que às demais? E quais são os assuntos mais importantes, a que devo dedicar a maior parte de minha atenção?

O eremita ouviu o rei, mas não respondeu. Apenas cuspiu na mão e voltou a cavar.

— Está cansado — disse o rei. — Deixe-me pegar a pá e cavar um pouco por você.

— Obrigado! — disse o eremita e, entregando a pá ao rei, sentou-se no chão.

Após cavar dois canteiros, o rei parou e repetiu as perguntas. O eremita mais uma vez não respondeu, mas se levantou, estendeu a mão pedindo a pá e disse:

— Agora descanse um tempinho... e deixe-me cavar um pouco.

Mas o rei não entregou a pá e continuou cavando. Uma hora se passou, e mais uma. O sol começou a mergulhar atrás das árvores, e o rei finalmente enfiou a pá no solo e disse:

— Vim até você, sábio eremita, em busca de uma resposta a minhas perguntas. Se não pode me dar uma, diga, e irei para casa.

— Alguém vem correndo — disse o eremita. — Vejamos quem é.

O rei virou e viu um homem barbudo sair correndo da floresta. O homem pressionava o estômago com as mãos, e sangue escorria por baixo delas. Quando alcançou o rei, caiu desmaiado no chão gemendo debilmente.

O rei e o eremita tiraram as roupas do homem. Havia uma ferida grande em sua barriga. O rei lavou a ferida o melhor que pôde e fez um curativo com seu lenço e uma toalha do eremita. Mas o sangue não parava de escorrer, e o rei tirou várias vezes o curativo encharcado de sangue, e lavou-o e cobriu novamente a ferida. Quando finalmente o sangue parou de escorrer, o homem voltou à vida e pediu algo para beber. O rei trouxe água fresca e deu ao homem.

O sol já tinha se posto e fazia muito frio. Então o rei, com a ajuda do Eremita, carregou o ferido até a cabana e deitou-o na cama. Deitado na cama, o homem fechou os olhos e ficou quieto; e o rei estava tão cansado da caminhada e do trabalho de cavar que se agachou na soleira e adormeceu — tão profundamente que dormiu durante toda a noite curta de verão. Quando acordou pela manhã, demorou a se lembrar de onde estava, ou quem era o estranho barbudo que estava deitado na cama olhando fixamente para ele com olhos reluzentes.

— Perdoe-me! — disse o homem barbudo, com a voz fraca, ao ver que o rei estava acordado olhando para ele.

— Não o conheço e não tenho nada a perdoar — disse o rei.

Você não me conhece, mas eu o conheço. Sou aquele seu inimigo que lhe jurou vingança, por ter executado seu irmão e confiscado sua propriedade. Eu sabia que tinha vindo ver o eremita sozinho e decidi matá-lo quando estivesse voltando. Mas o dia passou e você não voltou. Então deixei a emboscada para encontrá-lo e dei de cara com sua guarda. Eles me reconheceram e me feriram. Consegui escapar, mas teria sangrado até a morte se você não tivesse cuidado do ferimento. Eu queria matá-lo e você salvou minha vida. Agora, se eu viver, e se você assim quiser, serei seu servo mais fiel, e pedirei a meus filhos que façam o mesmo. Perdão!

O rei ficou muito feliz por ter se reconciliado com seu inimigo com tanta facilidade, e por ter conquistado sua amizade, e não apenas o perdoou como disse que mandaria seus servos e seu médico para atendê-lo, e prometeu devolver sua propriedade.

Depois de se despedir do homem ferido, o rei foi até a varanda e procurou pelo eremita. Antes de ir embora, queria implorar mais uma vez por uma resposta a suas perguntas. O eremita estava lá fora, de joelhos, semeando os canteiros cavados no dia anterior.

O rei se aproximou e disse:

— Pela última vez, rogo que responda a minhas perguntas, sábio.

— Elas já foram respondidas! — disse o eremita, ainda agachado sobre as penas magras, olhando para o rei que estava em pé à sua frente.

— Como assim foram respondidas? O que quer dizer? — perguntou o rei.

— Você não vê? — respondeu o eremita. — Se não tivesse sentido pena de minha fraqueza ontem, e não tivesse cavado esses canteiros para mim, mas seguido seu caminho, teria sido atacado por aquele homem, e se arrependeria por não ter ficado comigo. Portanto, o tempo mais importante foi aquele em que cavou os canteiros; e eu fui o homem mais importante; e fazer-me o bem foi sua tarefa mais importante. Depois, quando aquele homem correu até nós, o tempo mais importante foi quando você cuidou dele, pois se não tivesse tratado suas feridas ele teria morrido sem fazer as pazes com você. Então, ele foi o homem mais importante e o que você fez por ele foi sua tarefa mais importante. Portanto, lembre-se: existe apenas um tempo importante, o Agora! É o tempo importante porque é o único em que você tem qualquer poder. O homem mais necessário é aquele com quem você está, porquanto nenhum homem tem como saber se ainda virá a encontrar outro homem; e a ação mais importante é fazer o bem, pois o homem nasceu para esta vida com esse único propósito!

Em um lugar distante e há muito tempo *(fragmento)*

W. H. HUDSON

O que, então, eu queria? — o que eu estava pedindo? Se a pergunta me tivesse sido colocada na época, e se eu tivesse sido capaz de expressar o que estava em mim, eu teria respondido: Quero apenas manter o que tenho; levantar todas as manhãs e olhar para o céu e para a terra coberta de relva e úmida de orvalho todos os dias, todos os anos. Esperar pela primavera durante os meses de junho e julho, sentir a mesma velha e doce surpresa e o mesmo prazer com o surgimento de cada flor familiar, cada inseto recém-nascido, cada pássaro que mais uma vez voltou do norte. Ouvir em transe de deleite as notas selvagens dos batuiruçus dourados chegando mais uma vez à grande planície, voando, voando para o sul, revoada depois de revoada ao longo do dia inteiro. Ah, o belo canto selvagem dos batuiruçus dourados! Eu faria coro com Hafiz, alterando apenas uma palavra: "Se após mil anos esse som pairasse sobre meu túmulo, meus ossos levantariam alegres e dançariam no sepulcro!" Subir em árvores e enfiar a mão no ninho quente e profundo do bem-te-vi e sentir os ovos quentes — os cinco ovos longos e pontudos cor de creme com manchas chocolate e respingos na extremidade mais larga. Deitar na margem coberta de relva com a água azul entre mim e os juncos altos, ouvindo os sons misteriosos do vento e das saracuras e galinhas-d'água e carões escondidos conversando em tons quase-humanos; deixar o olhar repousar e se deliciar com a flor *camaloté* entre as massas flutuantes de folhas verdes vivas e úmidas — a grande flor que lembra a alamanda do amarelo mais puro e divino que ao ser arrancada derrama suas pétalas encantadoras, deixando-nos com nada mais que um caule verde nas mãos. Cavalgar ao meio-dia nos dias mais quentes, quando a terra inteira brilha com uma água ilusória, e ver o gado e os cavalos às centenas, cobrindo a planície em seus bebedouros; visitar o abrigo de aves grandes naquela hora calma e quente e ver cegonhas, íbis, garças cinzentas, garçotas de uma brancura estonteante e colhereiros e flamingos rosados, em pé na água rasa que reflete suas formas imóveis. Deitar de costas na grama marrom-ferrugem em janeiro e olhar para o céu amplo e quente azul-esbranquiçado, povoado por milhões e miríades de bolas de lanugem reluzentes, sempre, sempre flutuando; olhar e olhar até que se tornem para mim coisas vivas e eu, em um êxtase, esteja com elas, flutuando naquele imenso vazio reluzente!

Anne de Green Gables *(fragmento)*

L. M. MONTGOMERY

Anne estava levando as vacas do pasto para casa pela Alameda dos Amantes. Era um fim de tarde de setembro e todas as lacunas e clareiras da floresta estavam iluminadas pela luz rubi do pôr do sol. Aqui e ali a luz salpicava a alameda, que já estava em boa parte coberta pelas sombras dos bordos, e os espaços sob os abetos estavam cheios de um crepúsculo violeta que parecia vinho etéreo. Os ventos sopravam, e não há música mais doce na terra do que aquela que o vento toca nos abetos ao entardecer.

As vacas desciam a alameda, plácidas, e Anne acompanhava sonhadora, repetindo em voz alta o canto de batalha de *Marmion* — que fizera parte da disciplina de língua inglesa no inverno anterior e que a Srta. Stacy os fizera decorar — e declamando exultantemente os versos apressados e o choque das lanças que evocavam:

Os teimosos lanceiros triunfavam
No bosque impenetrável

Ela parou em êxtase para fechar os olhos e imaginar que era uma das personagens do grupo heroico. Quando voltou a abri-los, viu Diana entrando pelo portão que levava ao campo dos Barry e parecendo tão imponente que Anne logo adivinhou que trazia novidades. Mas ela jamais demonstraria uma curiosidade tão aguçada.

— Este fim de tarde não é um sonho violeta, Diana? Sinto-me tão feliz por estar viva. Pela manhã, sempre penso que as manhãs são a melhor hora do dia, mas, quando chega o fim da tarde, acho que é ainda mais encantador.

— É mesmo um fim de tarde encantador — disse Diana —, mas, ah, tenho novidades incríveis, Anne. Adivinhe. Dou três chances.

— Charlotte Gillis vai se casar na igreja afinal e a Sra. Allan quer que a decoremos — exclamou Anne.

— Não. O noivo de Charlotte não quer, porque ninguém se casou na igreja ainda, e ele acha que pareceria um funeral. É uma pena, pois seria muito divertido. Tente de novo.

— A mãe de Jane vai deixar que ela faça uma festa de aniversário?

Diana balançou a cabeça, os olhos pretos dançando com alegria.

— Não consigo imaginar o que pode ser — disse Anne em desespero —, a não ser que Moody Spurgeon MacPherson tenha acompanhado você até em casa ontem depois da oração. É isso?

— É óbvio que não — exclamou Diana indignada. — Eu não contaria vantagem se fosse isso, aquela criatura terrível! Eu sabia que você não ia adivinhar. Minha mãe recebeu uma carta da tia Josephine hoje, e a tia quer que você e eu vamos até a cidade na próxima terça-feira para irmos com ela à Exposição. É isso!

— Ah, Diana — sussurrou Anne, achando necessário se apoiar em um bordo —, você está mesmo falando sério? Mas temo que Marilla não me deixe ir. Ela vai dizer que não pode incentivar que vaguemos por aí. Foi o que disse semana passada quando Jane me convidou a ir com eles ao concerto americano no Hotel White Sands. Eu queria ir, mas Marilla disse que seria melhor que eu ficasse em casa estudando, e Jane também. Fiquei muito decepcionada, Diana. Fiquei tão triste que não orei antes de me deitar. Mas me arrependi disso e me levantei no meio da noite e orei.

— É o seguinte — disse Diana —, vamos pedir à Mamãe que peça a Marilla. Assim é mais provável que ela deixe você ir; e se deixar vamos nos divertir como nunca, Anne. Nunca fui a uma Exposição, e é tão irritante ouvir as outras garotas falando sobre suas viagens. Jane e Ruby foram duas vezes e vão de novo este ano.

— Não vou pensar nisso enquanto não souber se posso ir — disse Anne, decidida. — Se eu ficar pensando e me decepcionar, eu não vou suportar. Mas caso eu vá, me deixa muito feliz saber que meu casaco novo vai ficar pronto a tempo. Marilla achava que eu não precisava de um casaco novo. Ela disse que o velho aguentaria muito bem mais um inverno e que eu devia ficar satisfeita por ter um vestido novo. O vestido é muito bonito, Diana, azul-marinho e tão na moda. Marilla sempre faz meus vestidos conforme a moda agora, porque diz que não quer que Matthew peça a Sra. Lynde que faça vestidos para mim. Estou tão feliz. É muito mais fácil ser bom quando nossas roupas estão na moda. Pelo menos para mim é. Imagino que não faça tanta diferença para pessoas naturalmente boas. Mas Matthew disse que preciso de um casaco novo, então Marilla comprou um lindo pedaço de tecido azul, e quem está fazendo é uma costureira de verdade de Carmody. Deve ficar pronto sábado à noite, e estou tentando não me imaginar andando pelo corredor da igreja no domingo de vestido e capuz novos, porque temo que não seja correto imaginar essas coisas. Mas simplesmente surge na minha mente, sem que eu queira. Meu capuz é tão lindo. Matthew comprou no dia em que fomos a Carmody. É um desses de veludo azul que estão na moda, com cordões e borlas douradas. Seu chapéu novo é tão elegante, Diana, e lhe cai tão bem. Quando vi você entrar na igreja domingo passado meu coração se encheu de orgulho de pensar que você é minha amiga querida. Você acha que é errado pensarmos tanto em nossas roupas? Marilla diz que é pecado. Mas é um assunto tão interessante, não é?

Marilla deixou que Anne fosse até a cidade, e ficou combinado que o Sr. Barry levaria as garotas na terça-feira seguinte. Como

Charlottetown ficava a cinquenta quilômetros e o Sr. Barry queria ir e voltar no mesmo dia, teriam de sair bem cedo. Mas Anne considerou tudo aquilo motivo de grande alegria, e se levantou antes do nascer do sol na terça-feira. Uma olhada pela janela garantiu que o dia seria belo, pois o céu atrás dos abetos da Floresta Mal-assombrada estava iluminado e sem nuvens. Pelas lacunas entre as árvores uma luz brilhava no sótão de Orchard Slope, sinal de que Diana também estava acordada.

Anne já estava vestida quando Matthew acendeu o fogo e com o café da manhã pronto quando Marilla desceu, mas estava animada demais para comer. Depois do café da manhã, o capuz e o casaco garbosos foram estreados, e Anne atravessou a ponte do riacho e correu em meio às arvores até Orchard Slope. O Sr. Barry e Diana esperavam por ela, e logo eles estavam na estrada.

A viagem era longa, mas Anne e Diana aproveitaram cada minuto. Era um prazer chacoalhar pelas estradas úmidas sob o sol vermelho da manhã que se arrastava pelos campos podados. O ar estava fresco e névoas azul-esfumaçadas serpenteavam pelos vales e flutuavam sobre as colinas. Às vezes, a estrada atravessava florestas onde bordos começavam a exibir folhas escarlates; em outras, atravessava rios em pontes que faziam a pele de Anne se eriçar com um medo antigo e quase agradável; às vezes, serpenteava ao longo de um porto e passava por pequenos aglomerados de cabanas de pesca acinzentadas pelo tempo; mais uma vez subia colinas de onde era possível avistar uma grande extensão de planalto curvo ou céu azul enevoado; mas aonde quer que a estrada levasse, havia muito para se discutir. Era quase meio-dia quando chegaram à cidade e encontraram o caminho até “Beechwood”. Era uma bela mansão antiga, afastada da rua por um retiro de olmos verdes e faias repletas de galhos. A Srta. Barry os recebeu à porta com um brilho penetrante em seus olhos pretos.

— Então, finalmente veio me ver, menina Anne — disse. — Misericórdia, criança, como você cresceu! Está mais alta que eu. E muito mais bonita que antes. Mas imagino que saiba disso sem que digam.

— Na verdade não sabia — respondeu Anne, radiante. — Sei que não tenho mais tantas sardas como antes, então devo ser grata, mas não ousava esperar qualquer outro avanço. Fico muito feliz que pense que houve, Srta. Barry.

A casa da Srta. Barry era mobiliada com "grande esplendor", como Anne disse a Marilla depois. As duas garotinhas do interior ficaram desconcertadas com a grandiosidade da sala onde a Srta. Barry as deixou quando foi ver o jantar.

— Não parece um palácio? — sussurrou Diana. — Nunca estive na casa da Tia Josephine antes, e não sabia que era tão grandiosa. Queria que Julia Bell pudesse ver isso... ela fala tanto da sala da mãe.

— Carpete de veludo — disse Anne, com um sussurro de deleite — e cortinas de seda! Eu já sonhei com essas coisas, Diana. Mas sabia que acho que não me sinto muito confortável com elas? Tem tantas coisas neste cômodo e todas são tão esplêndidas que não há espaço para a imaginação. Esse é o consolo de ser pobre... tem tantas coisas que podemos imaginar

A estadia na cidade era algo com que Anne e Diana sonhavam havia anos. Do primeiro ao último dia, foi repleta de encantos.

Na quarta-feira, a Srta. Barry levou-as à Exposição e elas ficaram lá o dia todo.

— Foi esplêndido — Anne depois relatou a Marilla. — Nunca imaginei algo tão interessante. Não sei qual seção era mais interessante. Acho que meus preferidos foram os cavalos e as flores e os bordados. Josie Pye ficou em primeiro lugar nas rendas. Fiquei muito feliz por ela. E fiquei feliz por ter ficado feliz, pois isso mostra que estou melhorando, não acha, Marilla, se me alegro com o sucesso de Josie? O Sr. Harmon Andrews ficou em segundo lugar com as maçãs de Gravenstein e o Sr. Bell ficou em primeiro lugar com um porco. A Diana disse que achava ridículo que o superintendente da escola dominical aceitasse um prêmio em porcos, mas não entendo por quê. Você entende? Ela disse que agora sempre pensaria nisso quando ele estivesse orando, tão sério. Clara Louise MacPherson ganhou um prêmio em pintura, e a Sra. Lynde ficou em primeiro lugar com a manteiga e o queijo caseiros. Então Avonlea foi muito bem representada, não foi? A Sra. Lynde estava lá naquele dia, e eu não sabia o quanto gostava dela até ver seu rosto familiar entre todos aqueles estranhos. Havia milhares de pessoas lá, Marilla. Isso fez com que eu me sentisse terrivelmente insignificante. E a Srta. Barry nos levou até as arquibancadas para assistir às corridas de cavalos. A Sra. Lynde não quis ir; disse que corridas de cavalos eram uma abominação e, como membro da igreja, era seu dever dar um bom exemplo ficando longe delas. Mas havia tantas pessoas lá que acho que a ausência da Sra. Lynde jamais seria percebida. Não acho, no entanto, que eu deva ir a corridas de cavalos com frequência, porque elas são *mesmo* fascinantes. Diana ficou tão animada que quis apostar dez centavos comigo que o cavalo vermelho ia ganhar. Eu não achava que ele ganharia, mas me recusei a apostar, porque queria contar tudo à Sra. Allan, e tinha certeza de que não poderia contar isso a ela. É sempre errado fazer qualquer coisa que não se possa contar à esposa do pastor. Ser amiga da esposa do pastor é como ter uma segunda consciência. E fiquei muito feliz por não ter apostado, porque o cavalo vermelho *ganhou* afinal, e eu teria perdido dez centavos. Então a virtude foi a própria recompensa. Vimos um homem voar em um balão. Eu adoraria voar em um balão, Marilla; seria tão emocionante; e vimos um homem prevendo o futuro. Você pagava dez centavos e um passarinho escolhia uma carta. A Srta. Barry deu dez centavos para cada uma de nós para que previssem nosso futuro. O meu é que vou me casar com um homem de pele escura e muito rico, e viver do outro lado das águas. Observei com atenção todos os homens de pele escura que vi depois disso, mas não gostei muito de nenhum deles, e de qualquer forma acho que ainda é muito cedo para procurá-lo. Ah, foi um dia para jamais esquecer, Marilla. Fiquei tão cansada que não conseguia dormir à noite. A Srta. Barry nos colocou no quarto de hóspedes, como tinha prometido. Era um quarto elegante, Marilla, mas por algum motivo dormir em um quarto de hóspedes não foi como eu achava que seria. Essa é a pior parte de crescer, estou começando a perceber. As coisas que tanto queríamos quando crianças não parecem ser tão maravilhosas quando conseguimos vivê-las.

Na quinta-feira, as garotas passearam no parque, e à noite a Srta. Barry levou-as a um concerto na Academia de Música, onde uma *prima donna* famosa ia cantar. Para Anne, a noite foi um deleite.

— Ah, Marilla, nem tem como descrever. Fiquei tão animada que não conseguia nem falar, então você deve imaginar como foi. Fiquei sentada em um silêncio extasiado. Madame Selitsky estava muito bonita, vestia seda branca e diamantes. Mas quando começou a cantar eu não consegui pensar em mais nada. Ah, nem sei dizer o que senti. Mas me pareceu que nunca mais seria difícil ser boa. Senti-me como me sinto quando olho para as estrelas. Com lágrimas nos olhos, mas, ah, eram lágrimas de felicidade. Fiquei tão triste quando acabou, e disse à Srta. Barry que não sabia como poderia voltar à vida comum. Ela disse que se fôssemos ao restaurante do outro lado da rua e tomássemos um sorvete, talvez isso pudesse me ajudar. Isso pareceu tão prosaico; mas para minha surpresa era verdade. O sorvete estava delicioso, Marilla, e foi tão encantador e libertador estar ali sentada comendo às 11 da noite. Diana disse acreditar que nasceu para a vida na cidade. A Srta. Barry perguntou a minha opinião, mas eu disse que teria que pensar muito seriamente antes de dizer o que eu realmente achava. Então pensei quando fui para a cama. É a melhor hora para pensar nas coisas. E cheguei à conclusão, Marilla, de que não nasci para a vida na cidade e que isso me faz feliz. É bom tomar sorvete em restaurantes magníficos às 11 horas da noite de vez em quando; mas como vida comum eu gostaria de estar no sótão às 11, dormindo tranquila, mas sabendo, mesmo durante o sono, que as estrelas estão brilhando lá fora e que o vento sopra nos abetos do outro lado do riacho. Eu contei isso a Srta. Barry durante o café da manhã e ela riu. A Srta. Barry ria de quase tudo o que eu falava, mesmo quando eu estava falando muito sério. Acho que não gostei disso, Marilla, porque eu não estava tentando ser engraçada. Mas ela é muito hospitaleira e nos tratou como realeza.

Sexta-feira chegou, e com ela a hora de voltar para casa, e o Sr. Barry foi buscar as garotas.

— Bom, espero que tenham se divertido — disse a Srta. Barry ao se despedir.

— Nos divertimos muito — respondeu Diana.

— E você, menina Anne?

— Me diverti todos os minutos — disse Anne, jogando os braços impulsivamente ao redor do pescoço da senhora e beijando seu rosto enrugado.

Diana jamais ousaria fazer algo assim e ficou espantada com a liberdade de Anne. Mas a Srta. Barry gostou, e ficou na varanda olhando até saírem de vista. Então entrou em seu casarão com um suspiro. Parecia muito solitário, sem aquelas vidas jovens e frescas. A Srta. Barry era uma senhora bastante egoísta, para falar a verdade, e nunca ligou muito para ninguém além de si mesma. Valorizava pessoas apenas quando a serviam ou a divertiam. Anne a divertia, então caíra nas boas graças da senhora. Mas a Srta. Barry se pegou pensando menos nos discursos curiosos de Anne e mais em seu entusiasmo juvenil, suas emoções transparentes, seu jeito imbatível e na doçura de seus olhos e lábios.

— Achei Marilla Cuthbert uma velha boba quando soube que tinha adotado uma garota de um orfanato — disse a si mesma —, mas acho que não foi um erro, afinal. Se eu tivesse uma criança como Anne na casa o tempo todo, seria uma mulher melhor e mais feliz.

Anne e Diana acharam a viagem de volta tão encantadora quanto a de ida — mais encantadora, na verdade, pois sabiam, felizes, que o lar as esperava no fim da viagem. O sol estava se pondo quando passaram por White Sands e entraram na estrada costeira. À frente, as colinas de Avonlea surgiram escuras no céu cor de açafrão. Atrás delas, a lua nascia do mar, que ficava radiante e transformado à sua luz. Cada pequena enseada ao longo da estrada cheia de curvas era um assombro de ondulações dançantes. As ondas quebravam com um farfalhar suave contra as rochas, e o cheiro do mar pairava no ar fresco.

— Ah, como é bom estar viva e estar indo para casa — disse Anne com um suspiro.

Ao atravessar a ponte de toras sobre o riacho, a luz da cozinha de Green Gables piscou para ela, dando-lhe as boas-vindas, e através da porta aberta a fogueira reluziu, mandando seu brilho vermelho e quente para a noite fria de outono. Anne subiu a colina correndo, alegre, e entrou na cozinha, onde um jantar quente esperava na mesa.

— Então você voltou? — disse Marilla, dobrando o tricô.

— Sim, e ah, como é bom voltar — disse Anne, feliz. — Eu seria capaz de beijar tudo, até o relógio. Marilla, frango grelhado! Não acredito que preparou isso para mim!

— Sim, preparei — respondeu Marilla. — Achei que estaria com fome depois de uma viagem tão longa e que precisaria de algo apetitoso. Vá logo guardar suas coisas, e vamos jantar assim que Matthew chegar. Estou feliz por tê-la de volta, devo dizer. É muito solitário aqui sem você, e nunca passei quatro dias mais longos.

Após o jantar, Anne se sentou em frente ao fogo entre Matthew e Marilla e contou tudo sobre a visita.

— Foi esplêndido — concluiu feliz —, e acho que foi um marco em minha vida. Mas o melhor de tudo foi a volta para casa.

Noite

WILLIAM BLAKE

O sol se põe devagarinho no oeste;
　A estrela vespertina a brilhar;
As aves descansam no ninho,
　É meu dever encontrar um lar.
　　A lua, como uma flor,
　　O céu, ao seu dispor,
　　Com tácito deleite
　　A sorrir para a noite.

Adeus, verdes campos e bosques contentes,
　Onde rebanhos se deleitam,
Onde cordeiros mordiscam silentes
　Os pés dos anjos reluzentes.
　　Invisíveis, bênçãos a derramar,
　　E alegrias sem cessar,
　　Em cada botão e em cada florada,
　　Em cada alma descansada.

Cuidam de cada ninho irrefletido
  Onde aves descansam no calor;
E cada antro comprometido,
  Para manter longe a dor:
    E ao menor choro
    Que devia ser sono,
    Derramam-lhe sono no peito,
    E se colocam ao lado do leito.

Quando lobos e tigres uivam famintos,
  Piedosos, levantam-se em prantos;
E buscam saciar-lhes os instintos,
  Bem longe dos rebanhos.
    Mas se correm pavorosos,
    Os anjos, cautelosos,
    As doces almas levam
    Para o novo mundo que herdam

Se dos olhos vermelhos do leão
  Escorrem lágrimas douradas:
Clementes eles logo vão,
  Em leve caminhada:
    Dizem: "Ira por Sua brandura,
    E para sua doença, Sua cura,
    Expulsando o mal
    Do dia imortal.

E ao seu lado, cordeiro que berra,
  Posso me deitar e dormir,
Ou pensar Nele, que seu nome carrega,
  E esperar Ele me ungir.
    Pois, banhada no rio da vida,
    Minha juba sempre altiva
    Como ouro há de brilhar,
    E o rebanho vou guardar.

“Pensamentos do prado”, de *A vida no campo*

RICHARD JEFFERIES

A velha casa ficava à beira da estrada silenciosa, isolada por muitos quilômetros, e também pelos muros altos do jardim. Muitas vezes, eu vagava até o marco que ficava sob um carvalho, para olhar a inscrição lascada perto do chão — “Londres, 127 km”. Tão distante, vejam só, que a inscrição fora talhada ao pé da pedra, pois ninguém ia querer aquela informação. Ficava meio escondida por ervas e urtigas, desprezada e despercebida. Uma terra vasta aqueles 127 quilômetros — quantos prados e campos de milho, sebes e bosques, naquela distância? —, vasta o bastante para isolar qualquer casa, escondê-la, como uma semente na relva. Aqueles que passaram a vida toda em lugares remotos não sentem o afastamento. Ninguém parecia ter consciência da amplitude que separava o lugar do grande centro, mas talvez fosse essa consciência que aprofundava a solidão para mim. Tornava o silêncio mais silente; as sombras dos carvalhos mais lentas em seu movimento; tudo mais sério. Transmitir uma impressão completa da concentração intensa de Natureza nos prados é muito difícil — tudo é tão totalmente alheio aos pensamentos e ao coração do homem. Os carvalhos se mantêm — parados, imóveis — tão imóveis que são amados pelo líquen. A seus pés a relva cresce, e não dá atenção a nada. Nela os esquilos saltam, e seus coraçõezinhos são tão distantes de você e de mim quanto a própria madeira dos carvalhos. O sol se instala no vale à beira do riacho, e permanece ali, venhamos nós ou não. Dê uma olhada pela abertura da cerca-viva perto do carvalho, e veja como tudo é concentrado — tudo, cada lâmina de grama, e folha, e flor, e criatura viva, tentilhão ou esquilo. Hipnotizado em si mesmo. Eu pensava que eram 127 quilômetros até Londres, não uma hora ou duas de trem, mas todos esses quilômetros mesmo. Uma província grande e ampla de sulco verde e sulco arado entre a casa e a cidade do mundo. Tal solidão com 127 quilômetros de espessura não pode ser pintada; as árvores não podem ser colocadas longe o bastante umas das outras em perspectiva. É necessário ficar nela como os carvalhos para conhecê-la.

Os galhos das tílias pendiam do canto do muro do jardim, de onde era fácil ver a estrada silenciosa de terra, até onde era coberta pelos carvalhos arqueados. A poeira branca aquecida pelo sol, as sebes verdes e as árvores densas, nuvens brancas avançando juntas no céu, uma trilha perdida nos campos, como se você enfiasse um pedaço de pau na grama, as folhas tenras das tílias acariciando o rosto, e o silêncio. Ou seja, o silêncio dos campos. Se uma brisa farfalhava os galhos, se um verdilhão cantava, se uma égua no prado se chacoalhava, fazendo a terra e o ar tremerem ao seu redor com a convulsão de seus músculos poderosos, não eram sons, era o próprio silêncio. Eu era tão sensível a tudo isso que me mantinha encantado como um feitiço dos velhos tempos. O simples toque de uma folha era um talismã que me colocava sob o feitiço, e eu parecia sentir e saber de tudo o que acontecia entre as folhas de grama e os arbustos. Entre as tílias, ao longo do muro, os pássaros nunca construíram, embora fosse tão fechado e protegido. Eles construíam por toda parte, menos ali. Às pedras largas do muro sob os galhos das tílias, tordos salpicados vinham quase de hora em hora, às vezes para espiar e ver se era seguro visitar o jardim, outras para ver se um caracol tinha escalado a hera. E desciam silenciosos até o longo canteiro de morangos que ficava logo abaixo. A cobertura de morangos era fonte constante de coisas rastejantes; os tordos observavam cada planta e embaixo de cada folha e ramo. Um sapo sempre estava ali, às vezes, dois, e ao pegar um morango maduro era possível ver seu olho preto observando-o pegar a fruta que ele tinha guardado para você.

Uma andorinha voa rente à estrada, rápida como uma flecha, as costas brancas destacando a estrada opaca e encardida, seca ao sol; está buscando uma poça, e vai percorrer a beira do riacho até encontrar um lugar conveniente para pousar. E voltará ao beiral, onde durante quarenta anos seus ancestrais construíram em segurança. Duas borboletas brancas voando uma em volta da outra sobrevoam as tílias, e a casa, e seguem até que sua brancura desapareça no ar iluminado. Um gafanhoto surge no gramado ao lado dos morangos, e logo salta sete léguas de folhas de grama. Acolá uma fileira de homens e mulheres se forma no campo, vistos por um instante ao passar um portão, e o feno muda de amarelo para verde atrás deles quando viram o lado inferior para cima. Trabalham duro, mas parece fácil, lento e solar. Tentilhões voam da sebe para o feno recém-virado. Outra borboleta, marrom, paira sobre a estrada poeirenta — a única viajante. As nuvens brancas passam lentamente atrás dos carvalhos, nuvens grandes e inchadas, como cargas de feno, deixando pequenos rastros para trás no céu. Como seria agradável ler à sombra! Há uma sombra ampla no gramado perto dos morangos, lançada por uma macieira silvestre alta. O lugar perfeito para um livro; e embora eu saiba que é inútil, ainda assim vou pegar um e me deito na grama.

Nunca consigo ler ao ar livre no verão. Mesmo à sombra, a luz clara a preenche, as sombras no verão são da mais clara luz do dia. A página fica tão branca e severa, as letras tão pretas, o significado e os impulsos incompreensíveis, porque nem olho nem mente se concentram neles. Os pensamentos e as imaginações humanas registradas na página ficam pálidas e débeis à luz do verão. O olhar passeia e repousa com mais amor sobre a grama e as folhas verdes das tílias. A mente viaja ainda mais profundamente no mistério onírico do céu azul. De vez em quando, determinado a registrar o mistério e a sensação deliciosa de estar ali, trazia mesa e tinta e papel, e me sentava ali em um dia de verão. Três palavras, e cadê o pensamento? Se foi. O papel é tão obviamente papel, a tinta tão evidentemente tinta, a pena tão dura; tudo tão inadequado. Queremos cor, flexibilidade, luz, um som baixo e doce — tudo para pintá-lo e tocá-lo como música, ao mesmo tempo que queremos algo que responda e registre em um toque a forte pulsação de vida e o pensamento, ou sentimento, ou o que quer que saia em direção à terra e ao céu e ao espaço, sem fim como um raio de luz. A própria sombra da pena sobre o papel mostra que é absolutamente impossível expressar essas coisas. A sombra e a brancura reluzente; agora registre em palavras escritas o contraste simples entre os dois. Não em vinte páginas, pois a luz clara mostra o papel em sua fibra comum, seu aspecto grosseiro, em sua realidade, não como tábula mental.

A delicadeza e a beleza do pensamento ou sentimento são tão extremas que não podem ser registradas em tinta; são como o verde e o azul do campo e do céu, de flores de verônica e lâminas de grama; que em sua existência lançam luz e beleza uma na outra, mas em cores artificiais se repelem. Levo a mesa de volta para dentro, e o livro; os pensamentos e imaginações dos outros são vãos, e os próprios, profundos demais para serem escritos. Pois a mente está repleta da beleza extrema das coisas, e de seu encanto e espanto. Nunca consegui escrever o que sinto sobre a luz do sol apenas. Cor e forma e luz são como mágica para mim. É um transe. Transmiti-las exige uma linguagem de ideias. Há dez anos me deitei naquele gramado pela última vez, mas escrevo sobre isso como se fosse ontem, e cada lâmina de grama é tão real e visível para mim hoje quanto naquele dia.

Eram mais verdes perto da casa, e marrons na margem do canteiro de morangos, porque perto da casa a sombra se demorava por mais tempo. No canteiro de morangos a luz do sol as queimava.

A luz do sol apagava os livros que eu trazia para fora assim como apagava o fogo na lareira lá dentro. As chamas amareladas que subiam não conseguiam morder os gravetos que estalavam quando raios de sol as atingiam em cheio. Essa extravagância de luz dominava a pequena fogueira até ela ser protegida do poder do céu. Então aqui à sombra da macieira silvestre a luz do céu apagava as páginas escritas. Pois essa luz bela e esplendorosa despertava uma verdade igualmente bela e esplendorosa, um pensamento desconhecido, mas grandioso que pairava como uma andorinha. As andorinhas pairavam e não pousavam, mas estavam ali. Um pensamento inexprimível estremecia no céu azul; não podia ser totalmente apreendido, mas era possível sentir sua presença. Diante da sensação de sua presença, as páginas fracas e débeis, as pequenas fogueiras de conhecimento humano, minguavam e perdiam o sentido. Havia algo aqui que não estava nos livros. Em todas as filosofias e buscas da mente não havia nada que pudesse enfrentá-lo, para que se pudesse dizer: Isso é o que pretende, esta é a explicação do sonho. Mesmo as lâminas de grama confundiam os mais sábios, a terna folha da tília os constrangia, o gafanhoto os ridicularizava, o pardal no muro gorjeava seu desprezo. Os livros eram apagados, a não ser que uma tela fosse colocada entre eles e a luz do céu — ou seja, hipótese, para formar uma escuridão mental artificial. Com algumas hipóteses — isto é, bloqueios contra a luz — e naquela escuridão tudo se organizava com facilidade, isso aqui, aquilo acolá. Mas a Natureza não oferece hipóteses, e os livros eram apagados. Existe algo além das filosofias na luz, nas lâminas de grama, nas folhas, no gafanhoto, no pardal no muro. Algum dia o pensamento grandioso e belo que paira nos confins da mente finalmente acenderá. Nisso há esperança, todo o céu está repleto de esperança abundante. Algo além dos livros, isso é consolação.

O pequeno gramado ao lado do canteiro de morangos, marrom queimado lá, e verde à sombra da casa, contém quantas lâminas inumeráveis de grama? Aqui estão todas emaranhadas, longas e puxando umas às outras para baixo. Separando-as, embaixo delas há ainda mais, iminentes e ocultas. As fibras se entrelaçam, céticas em uma cestaria e um caos infinito de fios verdes e secos. Uma profusão censurável; um quinto seria suficiente; de modo geral é um desperdício voluntarioso. Quanto aos insetos que brotam da grama quando a pressiono, a centésima parte bastaria. A macieira silvestre é um monte nevado na primavera; os flocos de flor, quando caem, cobrem a grama com uma película — um alqueire de flores, que o vento leva e espalha para longe. A extravagância é sublime. As duas pequenas cerejeiras são também um desperdício; jogam fora punhados de flores; mas nos prados o comportamento descuidado e perdulário da grama e das flores e de todas as coisas não deve ser expresso. Sementes aos milhões flutuam com absoluta indiferença no ar. O carvalho tem cem mil folhas a mais que o necessário, e nunca esconde uma única bolota. Nada é utilitário — tudo em escala de desperdício esplêndido. Esse desperdício nobre, difundido, aberto é delicioso de se observar. Nunca houve provérbio tão mentiroso quanto "De grão em grão a galinha enche o papo". Quero logo o banquete; quero milhões de grãos desperdiçados, tapetes luxuosos de pétalas, montanhas verdes de folhas de carvalho. Quanto maior o desperdício, maior o prazer — mais próximo da vida real. A casuística não serve; o fato é óbvio; a Natureza lança tesouros por aí, sopra-os com os lábios abertos em cada brisa, amontoa camadas abundantes ao ar livre, acumula inúmeros nas agulhas de um abeto. A prodigalidade e a superfluidade estão estampadas em tudo o que ela faz. A espiga do trigo retorna cem vezes ao grão do qual nasceu. A superfície da terra nos oferece muito mais do que podemos consumir — os grãos, as sementes, os frutos, os animais, os produtos abundantes estão além do poder de toda a raça humana de devorar. Podem, também, ser multiplicados milhares de vezes. Não há escassez natural. Sempre que há escassez entre nós é por causas artificiais, que a inteligência devia sanar.

Da pequenez e da mesquinhez e da insignificância que nos são impostas pelas circunstâncias, que alívio virar para o lado e ver a abundância excessiva da Natureza! Não há limites para ela, não há nada que se compare a ela, tão grandiosa é sua generosidade. Não existe razão física para que todo ser humano não tenha o suficiente, pelo menos, para sanar suas necessidades. Que qualquer ser humano passe fome, ou mesmo que tenha dificuldade de encontrar comida simples, parece, de fato, algo estranho e inexplicável, avesso e contrário ao bom senso, se considerarmos por um instante que seja a profusão enorme que a terra lança aos nossos pés. No processo lento do tempo, conforme o coração humano aumenta, serão tomadas providências, acredito piamente, para que ninguém jamais se preocupe com a mera subsistência. Então, também, que haja alguma imitação dessa generosidade aberta e desse desperdício divino. Que as gerações vindouras banqueteiem-se sem preocupação, como meus tentilhões com as sementes da grama, da qual nenhuma voz os afasta. Se eu pudesse dar tão livremente quanto a terra o faz!

A andorinha do dorso branco voltou muitas, muitas vezes do bebedouro raso à margem do riacho para seu ninho em construção. Às vezes os dois se apoleiram na massa que fixaram sob o beiral e gorjeiam sobre o progresso do trabalho. Mergulham com tanta velocidade ao soltar que parece que vão bater no chão, mas voltam a subir e sobrevoam o muro e as tílias. Um tordo foi até o caramanchão vinte vezes; é feito de ripas cruzadas e coberto de chá-da-índia, e o ninho fica dentro das ripas. Um pardal visitou a roseira junto ao muro — os botões estão cobertos de pulgões. Um arapaçu marrom pousou nas tílias, depois nas cerejeiras e até em um caule robusto de lilás. Por menor que seja a planta, ele experimenta todas as que encontra no caminho. As cores vivas de um dom-fafe ficaram visíveis há um instante, quando ele atravessou as sombras sob as ameixeiras mais adiante no jardim e entrou nos arbustos. O gafanhoto atravessou o caminho do jardim, não se ouve sua voz agora; mas outro está vindo. Enquanto eu sonhava, todos esses e mais centenas no prado eram intensamente felizes. Tão concentrados em seu trabalho ao sol, tão atentos ao ovo minúsculo, ao inseto capturado na ponta da grama para ser carregado até os filhotes ansiosos, tão alegres ouvindo a canção derramada para eles ou espalhando-a eles mesmos, alheios a todo o restante. É nessa concentração intensa que são tão felizes. Se pudessem viver mais! [illegible] mas são poucas estações como esta para eles — Queria que eles vivessem cem anos apenas banqueteando-se com sementes e cantando e sendo extremamente felizes e alheios a tudo que não seja o instante presente. Uma linha preta subiu da espaldeira até o telhado trinta vezes pelo menos. Os estorninhos voam tão rápido e reto que parecem deixar uma linha preta no ar. Eles têm um ninho no telhado, ficam voando dele até o prado o dia inteiro, do amanhecer ao anoitecer. A espaldeira, como uma tela, esconde o prado de mim, e os estorninhos que descem parecem mergulhar no espaço atrás dela. Descendo, o prado forma um vale; não consigo vê-lo, mas sei que está dourado de botões-de-ouro, e que um riacho corre em seu sulco.

Ao longe, vejo um cume onde a grama cresce mais alta que aqui. No cume há arbustos e olmos cuja altura é diminuída pela distância, cavalos à sombra das árvores e um pequeno rebanho de ovelhas aglomeradas, como de costume, no portal quente e ensolarado. Ao lado do cume há uma vala verde-escura, ao que parece daqui, na encosta: na verdade é o curso de um riacho rasgando a terra. Não consigo ver nada entre o topo da espaldeira e os cavalos sob os elmos na colina. Mas os estorninhos sobem e descem no espaço oco, que brilha com os botões-de-ouro, e vejo uma centena de tentilhões procurando avidamente, cantando docemente, felizes como o dia de verão. Milhares de gafanhotos saltam, tordos trabalham, cheios de amor e ternura, pombas arrulham — há tanta alegria quanto há folhas nas sebes. Mais rápida que o voo do estorninho, minha mente corre até o riacho na vala verde-escuro na encosta da colina.

Era agradável acompanhá-lo colina acima, estreitando a cada passo, até onde o riacho estreito, mais fino que o vidro frágil, apenas escorregava sobre as pedras. Um pouco menos e nem correria, a água não se estenderia se fosse mais tênue. Alisava as pedras marrons, acariciando-as suavemente. Enchia pequenas bacias de areia e corria nas bordas entre pedrinhas lascadas. Embaixo, passava sob flores de verônica espessas, azuis, e pastinagas dentadas, perdido por um tempo como tantos rios poderosos em meio a uma floresta de folhas. No alto, massas de amora-silvestre e espinhos salientes detinham o explorador, que precisava contornar o monte gramado. Parando para olhar para trás por um instante, viam-se prados colina abaixo com ervas curtas e verdes, sempre regadas e sem botões-de-ouro, uma faixa de verde puro entre as flores amarelas e o milho amarelado. Alguns carvalhos ocos em cujos ramos os cucos pousavam a cantar, dois ou três abibes subiam e desciam, cotovias cantavam, e tudo o mais em silêncio. Entre o trigo e o monte gramado, o caminho era quase fechado, bardanas e sarças empurravam o aventureiro a roçar-se contra as espigas de trigo. Subindo até virar de repente, levando a entalhes íngremes na margem, parecendo descer até a raiz dos elmos. O aglomerado de elmos crescia sobre uma depressão profunda e acidentada; seus galhos se estendiam por ela, cobrindo a caverna.

Aqui estava a primavera, ao pé de uma rocha perpendicular, coberta de musgo na base e de hera no alto. Arbustos verdes espinhosos enchiam as fissuras e formavam um muro para o poço, e a língua-de-cervo comprida e estreita marcava a face do penhasco. Atrás dos espinhos grossos se escondia o curso do riacho, em frente erguia-se a rocha sólida, à direita a relva ia até a beirada — sacudia aqui e ali quando os cavalos à sombra dos elmos batiam os pés —, à esquerda as espigas de trigo espiavam por cima da margem. Uma cela rochosa em um silêncio concentrado de coisas verdes. De vez em quando, um tentilhão, um estorninho ou um pardal vinham para beber — sedentos do prado ou do milharal — e quase enredavam as asas nos arbustos, tão surpresos por alguém estar ali. A primavera surge imperceptível em uma cavidade sob a rocha, e sem murmúrio ou som. A areia fina da bacia rasa fica intacta — nenhum vulcãozinho de água empurra uma cúpula de partículas para cima. Também não há fissura na pedra, mas a bacia está sempre cheia e sempre transbordando. Quando a água escorre na borda, um raio de sol cai pelos galhos e a encontra. Eu ia até lá de vez em quando em um dia de verão, tentado, talvez, como os tentilhões pela água doce e fresca, mas também atraído por um sentimento que não podia ser analisado. Agachado, eu pegava a água com a mão em concha — com cuidado, para não remexer a areia — e a luz do sol brilhava sobre ela enquanto ela escorria por entre meus dedos. Sozinho na caverna de telhado verde, sozinho com a luz do sol e a água pura, tinha a sensação de que havia algo mais ali. A água era mais que água para mim, e o sol mais que sol. Os raios reluzentes na água na palma da minha mão me detinham por um instante, o toque da água me dava algo de si. Um instante, e o brilho ia embora, a água fluía, mas tinham sido meus. Além da água física e da luz física eu recebia delas sua beleza; tinham comunicado para mim esse mistério silencioso. A água pura e bela, a luz pura e clara e bela, cada uma delas tinha me dado algo de sua verdade.

Tantas vezes fui até lá, percorrendo com dificuldade o caminho longo e sem sombra no sol escaldante, às vezes levando um recipiente para levar um pouco para casa. Havia um riacho, sim, mas aquilo era diferente, era primavera; era levada para casa como uma bela flor seria levada. Não é a água física, é a sensação ou o sentimento que ela transmite. Não é a luz física do sol; é a sensação de beleza inexprimível que ela traz consigo. Delas ainda bebo, e espero fazê-lo ainda mais profundamente.

Gloire de Dijon

D. H. LAWRENCE

Quando ela se levanta de manhã
Me demoro a observá-la;
Ela estende a toalha sob
    a janela
E os raios de sol a banham
Reluzindo alvos nos ombros
E descendo suaves as sombras
Douradas brilham conforme
Ela aproxima a esponja, e seus peitos balançam
Oscilam e desabrocham amarelos
Como rosas Gloire de Dijon.
E ela respinga água em seu corpo, e seus ombros
Reluzem como prata, e se enrugam
Como rosas molhadas caídas, e ouço
O derramar de suas pétalas desgrenhadas.
À janela cheia de sol
Se concentra sua sombra dourada
Dobra sobre dobra, até reluzir
Suave como rosas gloriosas.

O jardim secreto *(fragmento)*

FRANCES HODGSON BURNETT

CAPÍTULO X
Dickon

O sol brilhava havia quase uma semana no jardim secreto. Jardim Secreto era como Mary o chamava quando pensava nele. Gostava do nome, e gostava ainda mais da sensação de que, quando seus belos muros antigos a fechavam lá dentro, ninguém sabia onde ela estava. Era quase como estar fora do mundo, em um mundo de fadas. Os poucos livros que tinha lido e dos quais gostava eram livros de contos de fadas, e alguns dos contos continham jardins secretos. Às vezes as pessoas dormiam nesses jardins durante cem anos, o que ela achava que devia ser bem idiota. Não tinha nenhuma intenção de dormir, na verdade, ficava cada vez mais desperta a cada dia que passava em Misselthwaite. Estava começando a gostar de estar ao ar livre; não odiava mais o vento, gostava dele. Conseguia correr mais rápido, e mais longe, e pular até cem. Os bulbos do jardim secreto devem ter ficado impressionados. Belas áreas livres tinham sido criadas ao redor deles para que tivessem todo o espaço para respirar e, na verdade, ah se a Dona Mary soubesse, eles já começavam a se animar sob a terra escura e a trabalhar intensamente. O sol chegava até eles e os aquecia, e quando a chuva vinha ela os alcançava logo, e eles começavam a se sentir bem vivos.

Mary era uma pessoinha esquisita e determinada, e agora que tinha algo interessante com que exercer sua determinação, estava muito compenetrada. Trabalhava e cavava e arrancava ervas daninhas sem parar, ficando cada vez mais satisfeita com seu trabalho, e não cansada. Parecia-lhe uma espécie de brincadeira fascinante. Encontrava muito mais pontos verde-claro brotando do que esperava. Eles pareciam surgir em todos os lugares e todos os dias ela encontrava novos, minúsculos, alguns tão pequenos que mal espreitavam por sobre a terra. Havia tantos que ela se lembrou do que Martha lhe dissera sobre as "campânulas aos milhares", e sobre bulbos se espalhando e formando novos. Os bulbos tinham sido deixados ao acaso durante dez anos e talvez tivessem se espalhado, como as campânulas, aos milhares. Ela se perguntava quanto tempo levariam para mostrar que eram flores. Às vezes parava de cavar para olhar para o jardim e tentar imaginar como seria quando estivesse coberto por milhares de florações encantadoras. Durante aquela semana de sol, ela ficou mais íntima de Ben Weatherstaff. Ela o surpreendeu várias vezes parecendo surgir ao seu lado como se tivesse brotado da terra. A verdade era que tinha medo que ele pegasse as ferramentas e fosse embora se a visse chegar, então sempre ia até ele o mais silenciosamente possível. Mas, na verdade, ele não se opunha a sua presença tanto quanto antes. Talvez ele até se sentisse lisonjeado em segredo pelo desejo que ela demonstrava por sua companhia. Mas ela também estava mais educada do que antes. Ele não sabia que, quando o viu pela primeira vez, ela falou com ele como falaria com um nativo, e não sabia que um velho robusto e zangado de Yorkshire não estava acostumado a saudar os patrões e apenas atender a seus desejos.

— Ocê parece um pisco — disse a ela certa manhã quando levantou a cabeça e viu que ela estava ali. — Nunca sei donde ocê vai aparecer.

— Ele é meu amigo agora — disse Mary.

— É a cara dele — vociferou Ben Weatherstaff. — Agrada as moça por vaidade e capricho. Ele faria de um tudo só pra se amostrar. Nunca vi como é metido.

Ele raramente falava muito e às vezes nem respondia às perguntas de Mary com mais que um resmungo, mas naquela manhã disse mais que o normal. Ficou em pé e apoiou a bota reforçada na pá enquanto olhava para ela.

— Faz quanto tempo que ocê tá aqui? — perguntou ele.

— Acho que mais ou menos um mês — respondeu ela.

— Tá começando a honrar Misselthwaite — disse ele. — Tá um pouco mais gorda do que quando chegou e não grita mais tanto. Parecia uma corva depenada a primeira vez que entrou nesse jardim. Penso aqui comigo que nunca botei olhos em uma mocinha tão feia e rabugenta.

Mary não era vaidosa e, como nunca tinha pensado muito sobre a própria aparência, não se incomodou.

— Sei que estou mais gorda — disse ela. — Minhas meias estão ficando apertadas. Antes elas faziam pregas. Lá está o pisco, Ben Weatherstaff.

Ali estava, de fato, o pisco, e ela o achou mais belo do que nunca. Seu colete vermelho brilhava como cetim e ele saracoteava as asas e o rabo e inclinava a cabeça e saltitava de um lado para o outro cheio de graça. Parecia determinado a fazer com que Ben Weatherstaff o admirasse. Mas Ben foi sarcástico.

— Ah, ocê tá aí — disse. — Quer dizer que me aguenta quando não tem ninguém melhor pra se exibir. Faz duas semanas que anda avermelhando esse colete e polindo as pena. Sei o que tá aprontando. Tá cortejando alguma madame ousada por aí, dizendo mentiras pra ela, que é o melhor pisco de Missel Moor e tá pronto pra enfrentar o resto.

— Ah! Olha só para ele! — exclamou Mary.

O pisco estava nitidamente com um ânimo fascinante e ousado. Foi saltitando cada vez mais para perto e lançando para Ben Weatherstaff um olhar cada vez mais envolvente. Voou até o arbusto de groselha mais próximo e inclinou a cabeça e deu uma cantadinha só para ele.

— Ocê pensa que vai me conquistar fazendo isso — disse Ben, enrugando o rosto de um jeito que fez Mary ter certeza de que ele estava tentando não parecer contente. — Ocê acha que ninguém é capaz de resistir a ocê... é isso que ocê acha.

O pisco abriu as asas — Mary mal acreditava no que estava vendo. Ele voou até o cabo da pá de Ben Weatherstaff e pousou em cima dele. Então o rosto do velho se enrugou aos poucos dando forma a uma nova expressão. Ele ficou parado como se estivesse com medo de respirar — como se não quisesse arriscar se mexer por nada, para que o pisco não fugisse. Falou em um sussurro.

— Ora, tô danado! — disse com a voz suave, como se estivesse dizendo algo bem diferente. — Ocê sabe mesmo como conquistar um sujeito... sabe sim! Ocê não é desse mundo, é tão esperto.

E ficou imóvel — quase sem respirar — até que o pisco agitou as asas mais uma vez e voou para longe. Então ele ficou olhando para o cabo da pá como se ela fosse mágica, e voltou a cavar sem dizer nada por vários minutos.

Mas, como abria um sorrisinho de vez em quando, Mary não teve medo de falar com ele.

— Você tem o próprio jardim? — perguntou.

— Não. Sou solteiro e resido com Martin lá no portão.

— Se tivesse um — disse Mary —, o que plantaria?

— Repolhos, batatas e cebolas.

— Mas e se quisesse ter um jardim de flores — insistiu Mary —, o que plantaria?

— Bulbos e coisas de cheiro doce..., mas principalmente rosas.

O rosto de Mary se iluminou.

— Você gosta de rosas? — perguntou.

Ben Weatherstaff arrancou uma erva daninha e jogou para o lado antes de responder.

— Ora, gosto, sim. Aprendi com uma moça de quem fui jardinero. Ela cultivava muitas em um lugar que gostava, e amava as rosas como se fossem crianças... ou piscos. Eu via ela se abaixar e beijar as rosas. — Ele arrancou mais uma erva daninha e fez uma careta para ela. — Isso faz uns dez anos.

— Onde ela está agora? — perguntou Mary, muito interessada.

— No céu — respondeu ele, e enfiou a pá no solo. — Segundo o pároco.

— O que aconteceu com as rosas? — perguntou Mary, agora mais interessada do que nunca.

— Foram abandonadas.

Mary foi ficando muito animada.

— Elas morreram? As rosas morrem quando são abandonadas? — arriscou.

— Bom, eu aprendi a gostar delas... e gostava da moça... e a moça gostava delas — admitiu Ben Weatherstaff, relutante. — Uma ou duas vez no ano eu ia tratar um pouco delas... podar e cuidar da raiz. Elas ficaram selvagem, mas tava em solo rico, então algumas sobreviveram.

— Quando elas não têm folhas e ficam cinzentas e marrons e secas, como você sabe se estão mortas ou vivas? — perguntou Mary.

— Tem que esperar a primavera chegar... os raio de sol brilhar na chuva e a chuva cair nos raio de sol e aí a gente descobre.

— Como... como? — exclamou Mary, esquecendo-se da cautela.

— Observando os galhos... vendo uns caroço marrom inchado aqui e ali, a gente observa depois da chuva e vê o que acontece. — Ele parou de repente e olhou para a expressão curiosa no rosto dela. — Por que tá se importando tanto com as rosa de repente? — perguntou.

Dona Mary sentiu o rosto ficar vermelho. Estava quase com medo de responder.

— Eu... eu quero fazer isso... ter meu jardim — gaguejou. — Eu... não tenho nada para fazer. Não tenho nada... nem ninguém.

— Ora — disse Ben Weatherstaff, devagar, enquanto a observava —, é verdade. Não tem mesmo.

Ele falou de um jeito tão estranho que Mary se perguntou se ele estava com pena dela. Nunca tinha sentido pena de si mesma; só se sentia cansada e irritada, porque não gostava tanto das pessoas e das coisas. Mas agora o mundo parecia estar mudando e ficando mais gentil. Se ninguém descobrisse o jardim secreto, ela desfrutaria dele para sempre.

Ficou com ele por mais dez ou 15 minutos e ousou fazer todas as perguntas que lhe ocorreram. Ele respondeu a cada uma delas com grunhidos esquisitos e não pareceu irritado de verdade nem pegou a pá e se afastou. Disse algo sobre rosas quando ela já estava saindo e isso a fez lembrar daquelas de que ele disse que gostava.

— Você ainda vai ver aquelas rosas? — perguntou.

— Não fui esse ano. O reumatismo me deixou com as junta muito rígida.

Ele falou isso com o tom resmungado de costume, e de repente pareceu ficar irritado com ela, embora ela não entendesse por quê.

— Agora escute aqui! — disse ele, bruscamente. — Não faça tantas pergunta. Ocê é a maior perguntadera que eu já conheci. Vá brincar para lá. Já falei o bastante por hoje.

E ele pareceu tão irritado que ela soube que não adiantaria ficar mais nem um minuto ali. Foi saltitando devagar pela trilha, pensando nele e dizendo para si mesma que, por mais estranho que fosse, ele era mais uma pessoa de quem gostava apesar da grosseria. Ela gostava do velho Ben Weatherstaff. Gostava, sim. Sempre queria tentar fazer com que ele conversasse com ela. E também começava a acreditar que ele sabia tudo sobre flores.

Havia uma passagem cercada por loureiros que contornava o jardim secreto e terminava em um portão que se abria para um bosque, no parque. Ela pensou em sair de fininho pela passagem e dar uma espiada no bosque para ver se havia coelhos saltitando ali. Gostava muito dos saltinhos deles e, chegando ao portãozinho, abriu e passou porque ouviu um assovio baixinho e peculiar e quis descobrir o que era.

Era mesmo muito estranho. Ela prendeu a respiração ao parar para olhar. Um garoto estava sentado embaixo de uma árvore, encostado nela, tocando uma flauta de madeira tosca. Era um garoto esquisito de uns 12 anos. Parecia muito limpo e seu nariz era empinado e as bochechas vermelhas como papoulas e Dona Mary nunca tinha visto olhos tão redondos e azuis no rosto de um garoto. E um esquilo marrom estava agarrado no tronco da árvore em que o garoto estava encostado, olhando para ele, e atrás de um arbusto próximo um faisão esticava o pescoço delicadamente para espiar, e bem perto dele havia dois coelhos sentados e farejando, o nariz trêmulo — e parecia que todos estavam se aproximando para observá-lo e ouvir o estranho chamado de sua flauta.

Ao ver Mary, ele estendeu a mão e falou com ela em uma voz quase tão baixa e esquisita quanto o som de sua flauta.

— Não se mexa — disse. — Vai assustar eles.

Mary ficou imóvel. Ele parou de tocar a flauta e começou a se levantar do chão. Seus movimentos eram tão lentos que mal eram visíveis, mas finalmente ele se levantou e o esquilo saltou de volta para os galhos da árvore, o faisão baixou a cabeça e os coelhos caíram de quatro e começaram a saltitar para longe, embora não parecessem nem um pouco assustados.

— Me chamo Dickon — disse o garoto. — Sei que ocê é a Dona Mary.

Então Mary percebeu que de algum modo já sabia que ele era o Dickon. Quem mais poderia estar encantando coelhos e faisões como os nativos encantam cobras na Índia? Ele tinha uma boca larga, vermelha e curva e seu sorriso se espalhava por todo o rosto.

— Levantei devagar — explicou — porque se ocê faz movimentos rápidos eles se assustam. É preciso fazê movimentos suaves e falar baxo perto de seres selvagens.

Ele não falou com ela como se nunca tivessem se visto antes, mas como se eles se conhecessem muito bem. Mary não sabia nada sobre garotos e conversou com ele como se estivesse um pouco travada por causa da timidez.

— Recebeu a carta da Martha? — perguntou.

Ele assentiu a cabeça cacheada e cor de ferrugem.

— Por isso que vim.

Ele se abaixou para pegar algo que estava no chão ao seu lado enquanto tocava a flauta.

— Trouxe as ferramentas de jardinagem. Uma pazinha e um ancinho e um rastelo e uma enxada. É, são boas ferramentas. Também tem uma espátula. E a mulher da loja incluiu um pacote de papôla branca e um de espora azul quando comprei as outas sementes.

— Pode me mostrar as sementes? — perguntou Mary.

Ela gostaria de poder falar como ele. Sua fala era rápida e fácil. Parecia que ele gostava dela e não tinha nem um pouco de medo de que ela não gostasse dele, embora fosse apenas um garoto comum da charneca, com roupas remendadas e um rosto engraçado e uma cabeça vermelha como ferrugem. Ao se aproximar dele, ela percebeu que ele tinha um aroma fresco de urze, grama e folhas, quase como se fosse feito desses elementos. Gostou muito do aroma e, ao observar seu rosto engraçado, com as bochechas vermelhas e os olhos azuis redondos, esqueceu a timidez.

— Vamos nos sentar nesse tronco para vê-las — disse.

Eles se sentaram e ele tirou um pacotinho de papelão do bolso do casaco. Desamarrou o barbante e lá dentro havia outros pacotinhos bem organizados, cada um com a foto de uma flor.

— Tem muitas resedas e papôlas — disse ele. — As resedas têm o aroma mais doce que sai da terra, e crescem em qualquer lugar, e as papôlas também. Elas crescem e florescem só de olhar, são as coisas mais bonitas.

Ele parou e virou a cabeça rápido, e seu rosto vermelho como papoulas se iluminou.

— Onde tá esse pisco que tá nos chamando? — disse.

O gorjeio veio de um arbusto espesso de azevinho, cheio de bagas vermelhas, e Mary pensou que sabia quem estava cantando.

— Está nos chamando mesmo?

— Tá — respondeu Dickon, como se fosse a coisa mais natural do mundo. — Tá chamando algum amigo. Como quem diz: "Tô aqui. Olha pra mim. Quero prosear um pouco." Está ali, no arbusto. De quem ele é?

— É do Ben Weatherstaff, mas acho que me conhece um pouco — respondeu Mary.

— Ah, conhece, sim — disse Dickon, voltando a falar em voz baixa. — Ele vai me contar tudo sobre ocê em um minuto.

Ele se aproximou do arbusto com o movimento lento que Mary percebera antes, e emitiu um som que era quase como o gorjeio do pisco. O pisco ouviu por alguns segundos, atento, e respondeu quase como quem responde a uma pergunta.

— É, é seu amigo — disse Dickon, rindo.

— Você acha? — exclamou Mary, ansiosa. Queria muito saber. — Acha que ele gosta mesmo de mim?

— Ele não chegaria perto de ocê se não gostasse — respondeu Dickon. — Pássaros são exigentes e um pisco pode desprezar a gente pior que uma pessoa. Olha, ele tá se aproximando d'ocê agora. "Não tá vendo seu amigo?", tá dizendo.

E parecia mesmo ser verdade. Ele andou de ladinho e gorjeou enquanto saltava em seu arbusto.

— Você entende tudo o que os pássaros dizem? — perguntou Mary.

O sorriso de Dickon se espalhou até ele ficar só uma boca larga, vermelha e curvada, e ele esfregou a cabeça.

— Acho que sim, e eles também acham — respondeu. — Faz tanto tempo que moro na charneca com eles. Vi quebrarem a casca do ovo e criar penas e aprender a voar e começar a cantar, a ponto de achar que sou um deles. Às vezes acho que talvez eu seja um pássaro, ou uma raposa, ou um coelho, ou um esquilo, ou até mesmo um besoro, não sei.

Ele riu, voltou ao tronco e começou a falar sobre as sementes novamente. Contou a ela como elas ficavam quando se tornavam flores; contou como plantá-las, como cuidar delas, como alimentá--las e regá-las.

— Veja — disse de repente, virando para olhar para ela. — Eu mesmo vô plantar pra ocê. Onde é seu jardim?

As mãos finas de Mary se agarraram uma à outra em seu colo.

Ela não sabia o que dizer, então passou um minuto inteiro sem dizer nada. Nunca tinha pensado nisso. Ficou desolada. E sentiu o rosto ficar vermelho e depois pálido.

— Deve ser um jardim enorme, não? — perguntou Dickon.

E ela tinha mesmo ficado vermelha e depois pálida. Dickon viu acontecer e, como ela não disse nada, começou a ficar confuso.

— Eles não te deram um pedacinho? — perguntou. — Ocê ainda não tem um?

Ela apertou mais as mãos e olhou para ele.

— Não sei nada sobre garotos — disse devagar. — Você guardaria um segredo se eu contasse um? É um segredo e tanto. Não sei o que eu faria se alguém descobrisse. Acredito que morreria! — Ela disse a última parte com veemência.

Dickon ficou mais confuso do que nunca e até esfregou a cabeça de novo, mas respondeu com bastante bom humor.

— Guardo segredo o tempo todo — respondeu. Se não soubesse guardar segredo, sobre filhotes de raposa, e ninhos de pássaro, e tocas de seres selvagens, eles não estariam seguros na charneca. É, sei guardar segredo.

Dona Mary não teve a intenção de estender a mão e agarrar a manga dele, mas foi o que fez.

— Roubei um jardim — disse bem rápido. — Não é meu. Não é de ninguém. Ninguém quer esse jardim, ninguém liga para ele, ninguém nunca entra lá. Talvez já esteja tudo morto lá dentro. Não sei.

Ela começou a ficar com calor e se sentir mais teimosa do que nunca.

— Não ligo, não ligo! Ninguém tem o direito de tirá-lo de mim, porque eu me importo com ele e ninguém mais se importa. Estão deixando o jardim morrer, fechado e sozinho — concluiu inflamada, e lançou os braços em frente ao rosto e caiu no choro, pobre Dona Mary.

Os olhos azuis curiosos de Dickon foram ficando cada vez mais redondos.

— A-a-a-h! — disse, deixando a exclamação escapar aos poucos, significando tanto espanto quanto empatia.

— Não tenho o que fazer — disse Mary. — Nada é meu. Encontrei o jardim sozinha, e entrei nele sozinha. Sou como o pisco, e eles não tirariam o jardim do pisco.

— Onde fica? — perguntou Dickon em voz baixa.

Dona Mary se levantou do tronco de uma vez. Sabia que o que sentia era teimosia, de novo, e obstinação, e não estava nem aí. Ela era imperiosa e indiana, e ao mesmo tempo sentia calor e pesar.

— Venha comigo, vou lhe mostrar — disse.

Ela o levou pela passagem de loureiros e pelo caminho onde a hera crescia densa. Dickon a seguiu com uma expressão estranha, quase de pena, no rosto. Ele se sentia como se o estivessem levando para ver um ninho de passarinhos, e se movimentava com suavidade. Quando ela se aproximou do muro e levantou a hera suspensa, ele ficou espantado. Havia uma porta e Mary a abriu devagar e eles entraram juntos, e Mary fez um gesto confiante com a mão.

— Aqui está — disse. — É um jardim secreto, e sou a única pessoa do mundo que quer que ele fique vivo.

Dickon olhou ao redor, e olhou de novo, e de novo.

— É! — quase sussurrou. — É um lugar estranho e lindo! Parece até um sonho.

CAPÍTULO XI
O ninho da tordoveia

Durante dois ou três minutos ele ficou olhando ao redor, enquanto Mary o observava, e eles começaram a andar por ali com cautela, mais ainda do que Mary na primeira vez em que se viu dentro daquelas quatro paredes. Os olhos dele pareciam estar absorvendo tudo — as árvores cinzentas com trepadeiras cinzentas que as escalavam e pendiam de seus galhos, que se emaranhavam nos muros e na grama, os refúgios cobertos de folhas perenes com bancos de pedra e vasos altos de flores.

— Nunca pensei que veria esse lugar — disse ele, em um sussurro.

— Você sabia que ele existia? — perguntou Mary.

Ela falou alto e ele a repreendeu com um gesto.

— Precisamos falar baxo — disse — ou alguém pode nos ouvir e querer saber o que tem aqui.

— Ah! Esqueci! — respondeu Mary, assustada e cobrindo a boca com a mão, ligeira. — Você sabia que este jardim existia? — perguntou mais uma vez quando se recuperou.

Dickon assentiu.

— Martha me contou que tinha um jardim onde ninguém entrava — respondeu. — A gente ficava imaginando como ele seria.

Ele parou e olhou para o emaranhado cinzento encantador à sua volta, e seus olhos redondos pareceram estranhamente felizes.

— Ah! Os ninhos vêm com a primavera — disse ele. — Aqui seria o lugar mais seguro para ninhos em toda a Inglaterra. Ninguém nunca vem aqui e são muitos os emaranhados de árvores e rosas onde podem construir. Me pergunto por que todos os pássaros da charneca não constroem aqui.

Dona Mary colocou a mão no braço dele mais uma vez sem perceber.

— Onde haverá rosas? — sussurrou. — Você sabe dizer? Achei que talvez estivessem todas mortas.

— Ah, não! Elas não... não todas — respondeu ele. — Olhe só para isso!

Ele foi até a árvore mais próxima — uma árvore muito velha com um líquen acinzentado cobrindo toda a casca, mas que sustentava uma cortina de ramos emaranhados. Pegou um canivete grosso do bolso e abriu uma de suas lâminas.

— Tem muita madêra morta que deve ser retirada — disse. — E tem muita madêra velha, mas ela produziu madêra nova ano passado. Esse aqui é um pedacinho novo — e tocou um broto que parecia verde-amarronzado, e não de um cinza duro e seco. Mary também tocou, de um jeito ansioso, mas reverente.

— Esta? — perguntou. — Esta está viva... bem viva?

Dickon curvou a bocarra sorridente.

— Tão vivinha da silva quanto ocê ou eu — respondeu, e Mary lembrou que Martha havia lhe dito que "vivinha da silva" significava "viva" ou "animada".

— Estou feliz que esteja vivinha da silva! — exclamou ela em um sussurro. — Quero que todas estejam vivinhas da silva. Vamos andar pelo jardim e contar quantas estão vivinhas da silva.

Ela ofegava de tão ansiosa, e Dickon estava tão ansioso quanto ela. Eles andaram de árvore em árvore e de arbusto em arbusto. Dickon seguia com o canivete na mão e mostrava-lhe coisas que ela achava maravilhosas.

— Cresceram ao acaso — disse ele —, mas as mais fortes se desenvolveram bem. As mais delicadas morreram, mas as outras foram crescendo e se espalhando mais e mais, uma beleza. Veja! — e puxou um galho grosso e cinzento que parecia seco. — Alguém pode achar que isso é madêra morta, mas eu acho que não... até a raiz. Vô cortar embaixo para ver.

Ele se ajoelhou e, com o canivete, cortou o galho que parecia sem vida, não muito acima da terra.

— Veja! — disse, exultante. — Eu não disse? Ainda tem verde nessa madêra. Olhe só para ela.

Antes mesmo de ele terminar de falar, Mary já estava de joelhos, observando com toda a atenção.

— Quando tá um pôco verde e úmida assim, tá viva — explicou ele. — Quando o interior tá seco e quebra fácil, como esse pedaço que cortei, tá comprometido. Tem uma raiz grande aqui de onde toda essa madêra viva saiu, e se a gente cortar a madêra velha e cavar na terra ao redor e cuidar dela, vamos ter... — Ele parou e levantou o rosto para olhar para os galhos que pendiam no alto. — Vamos ter uma fonte de rosa nesse verão.

Eles foram de arbusto em arbusto e de árvore em árvore. Ele era muito forte e esperto com o canivete e sabia como cortar a madeira seca e morta, e sabia dizer quando um ramo ou graveto que parecia pouco promissor ainda tinha vida. Em meia hora, Mary achou que também sabia, e quando ele cortava um galho que parecia sem vida, ela comemorava baixinho cheia de alegria ao avistar um pedacinho verde e úmido. A pá, a enxada e o ancinho foram muito úteis. Ele mostrou a ela como usar o ancinho enquanto cavava as raízes com a pá e remexia a terra e deixava o ar entrar.

Estavam trabalhando dedicados ao redor de uma das maiores rosas quando ele avistou algo que o fez soltar uma exclamação de surpresa.

— Ora! — exclamou, apontando a grama a alguns metros de distância. — Quem fez aquilo ali?

Era uma das escavações de Mary ao redor dos pontos verde-claro.

— Eu — respondeu ela.

— Ora, achei que ocê não sabia nada de jardinage — exclamou ele.

— Não sei mesmo — respondeu ela —, mas são tão pequenos, e a grama tão grossa e forte, e parecia que eles não tinham espaço para respirar. Então abri um espaço. Nem sei o que são.

Dickon se aproximou e se ajoelhou, com seu sorriso largo.

— Ocê fez certo — disse. — Um jardinêro não teria ensinado melhor. Agora vão crescer como o pé de fejão do João. É croco e campânulas e aqui é narciso — ele virou para outro canteiro — e aqui tem mais narciso. Ah! Vai ficar uma beleza.

Ele correu de um canteiro para o outro.

— Ocê trabalhou bastante para uma garotinha tão pequena — disse ele, olhando para ela.

— Estou ficando mais gorda — respondeu Mary — e mais forte. Antes eu estava sempre cansada. Quando cavo, não canso nada. Gosto do cheiro da terra remexida.

— Isso faz bem — disse ele, assentindo como um sábio. — Não tem nada tão bom quanto o chêro da terra fresca, só o chêro das coisas frescas quando a chuva cai sobre elas. Eu sempre saio pela charneca quando tá chovendo e deito embaixo de um arbusto e ouço o barulho das gotas na urze e fico farejando. A mãe diz que meu nariz treme feito o de um coelho.

— Você não fica resfriado? — perguntou Mary, olhando para ele com admiração. Nunca tinha visto um garoto tão engraçado, ou bonzinho.

— Não — respondeu ele, sorrindo. — Nunca fiquei resfriado desde que nasci. Fui criado muito solto pra isso. Corro pela charneca em qualquer clima, feito os coelhos. A mãe diz que que farejei muito ar fresco durante doze anos para ficar resfriado. Sou forte como um bambu.

Ele não parou de trabalhar enquanto falava, e Mary o acompanhou ajudando com o ancinho ou a pá.

— Tem muito trabalho pra ser feito aqui! — disse ele, olhando ao redor, exultante.

— Você pode voltar e me ajudar? — implorou Mary. — Eu sei que posso ajudar. Posso cavar e arrancar ervas daninhas, e faço o que você mandar. Por favor, Dickon!

— Venho todo dia se ocê quiser, chova ou faça sol — respondeu ele, com firmeza. — Nunca me diverti tanto… fechado aqui dentro revivendo um jardim.

— Se você vier — disse Mary —, se me ajudar a deixá-lo vivo, eu... eu não sei o que vou fazer — completou ela, perdida. O que poderia fazer para um garoto como aquele?

— Eu te digo o que ocê vai fazer — respondeu Dickon, com um sorriso alegre. — Vai engordar e ficar esfomeada como um filhote de raposa e vai aprender a conversar com o pisco como eu. Ah! Vai ser muito divertido.

Ele começou a andar a esmo, olhando para as árvores e os muros e os arbustos com uma expressão pensativa.

Eu não queria que parecesse o jardim de um jardinêro, todo aparado e limpinho, e você? — perguntou ele. — É mais legal assim, com as coisas crescendo ao acaso, e se emaranhando uma na outra.

— Não vamos deixar arrumadinho — disse Mary, ansiosa. — Não pareceria um jardim secreto se fosse arrumadinho.

Dickon se levantou e esfregou a cabeça parecendo confuso.

— É um jardim secreto, sim — disse —, mas parece que mais alguém além do pisco entrou aqui desde que foi fechado há dez anos.

— Mas a porta estava trancada e a chave enterrada — disse Mary. — Ninguém conseguiria entrar.

— É verdade — respondeu ele. — É um lugar estranho. Parece que alguém andô podando aqui e ali, há menos de dez anos.

— Mas como isso teria acontecido? — perguntou Mary.

Ele estava examinando o galho de uma roseira e balançou a cabeça.

— Pois é! Como? — murmurou. — Se a porta tava trancada e a chave enterrada.

Dona Mary sempre achou que, por mais que vivesse muitos anos, nunca esqueceria aquela primeira manhã em que o jardim começou a crescer. É óbvio, ele pareceu começar a crescer para ela naquela manhã. Quando Dickon começou a limpar espaços para plantar sementes, ela se lembrou do que Basil cantava para ela quando queria provocá-la.

— Existe alguma flor que pareça um sino? — perguntou.

— Os lírios do vale — respondeu ele, cavando com a pá — e as campânulas.

— Vamos plantar algumas — disse Mary.

— Já tem lírios do vale aqui; eu vi. Cresceram muito perto uns dos outros e vamos ter que separar, mas tem muitos. As outras levam dois anos para florescer, mas posso trazer algumas plantas do nosso jardim. Por que você quer?

Então Mary contou a ele sobre Basil e seus irmãos e irmãs na Índia e que odiava quando a chamavam de Dona Mary do contra.

— Eles dançavam ao meu redor e cantavam:

> "Dona Mary, toda do contra,
> O que cresce em seu jardim?
> Flores de sinos e conchas
> E malmequer, assim assim."

Acabei de me lembrar disso, por isso perguntei se existiam flores em formato de sino.

Ela franziu um pouco a testa e fincou a pá na terra.

— Eu não era tão do contra quanto eles.

Mas Dickon riu.

— Ah! — disse, e ela viu que ele cheirava a terra escura e forte quando a esmigalhava. — Não tem necessidade de ser do contra quando tem flores e coisas do tipo e tantos seres selvagens amigáveis correndo por aí e construindo casas ou ninhos e cantando e assoviando, né?

Mary, ajoelhada ao seu lado segurando as sementes, olhou para ele e desfez a carranca.

— Dickon — disse —, você é tão bom quanto Martha disse. Gosto de você, e você já é o quinto. Nunca pensei que gostaria de cinco pessoas.

Dickon se sentou nos calcanhares como Martha fazia quando polia a grelha. Ele parecia mesmo engraçado e encantador, pensou

Mary, com os olhos azuis redondos e as bochechas rosadas e o nariz arrebitado.

— Ocê só gosta de cinco pessoas? — perguntou ele. — Quem são as outras quatro?

— Sua mãe e a Martha — Mary contou nos dedos —, e o pisco e Ben Weatherstaff.

Dickon riu tanto que foi obrigado a abafar o som cobrindo a boca com o braço.

— Sei que acha que sou esquisito — disse —, mas você é a garotinha mais esquisita que eu já vi.

Então Mary fez uma coisa estranha. Ela se aproximou e perguntou uma coisa que nunca sonhou em perguntar a alguém. E tentou perguntar com o sotaque de Yorkshire, porque era a língua dele, e na Índia os nativos sempre ficavam contentes quando alguém conhecia a língua deles.

— Ocê gosta de mim?

— Ah! — respondeu ele, de coração. — Gosto, sim! Gosto demais de ocê, e o pisco também gosta, eu acho!

— Então são dois — disse Mary. — São dois para mim.

E trabalharam com ainda mais afinco e mais alegria. Mary ficou espantada e triste quando ouviu o grande relógio do pátio marcar a hora do almoço.

— Preciso ir — disse, pesarosa. — E você também precisa, não?

Dickon sorriu.

— Meu almoço é fácil de carregar — respondeu ele. — Minha mãe sempre me dêxa levar uma coisinha no bolso.

Ele pegou o casaco que estava na grama e tirou do bolso um embrulho amarrado em um lenço bem limpo azul e branco. Tinha dois pedaços de pão com uma fatia de alguma coisa no meio.

— Muitas vezes é só pão — disse —, mas hoje ganhei uma fatia fina de bacon.

Mary achou que aquele era um almoço estranho, mas ele parecia gostar muito.

— Vá logo comer — disse ele. — Vou terminar antes. E trabalhar um pouco mais antes de voltar para casa.

Ele se sentou com as costas apoiadas em uma árvore.

— Vô chamar o pisco — disse — e oferecer a casca do bacon pra ele mordiscá. Eles gostam de uma gordurinha boa.

Mary quase não conseguiu deixá-lo. De repente parecia que ele era uma espécie de fada que poderia ter ido embora quando ela voltasse ao jardim. Ele parecia bom demais para ser verdade. Ela foi devagar até a metade do caminho que levava ao portão, então parou e voltou.

— Não importa o que aconteça, você... você nunca vai contar? — perguntou.

As bochechas cor de papoula de Dickon estavam dilatadas com a primeira mordida do pão com bacon, mas ele conseguiu sorrir.

— Se ocê fosse uma tordoveia e me mostrasse seu ninho, acha que eu contaria a alguém? Eu não — respondeu ele. — Ocê tá tão segura quanto a tordoveia.

E ela teve certeza de que estava.

A fiandeira e os monges *(fragmento)*

D. H. LAWRENCE

A professora me disse para procurar campânulas atrás da San Tommaso. Se ela não tivesse demonstrado um conhecimento tão confiante, eu teria duvidado de sua tradução de *perceneige*. Na verdade, ela queria heléboros.

Mas eu fui procurar pelas campânulas. De repente, os muros eram ruínas, e eu estava em um pomar de oliveiras coberto de grama, seguindo uma trilha ao lado de pedaços de alvenaria cobertos de vegetação. E passei a contornar um pequeno desfiladeiro, em cujo pé um riacho corria pela encosta até o lago. Ali fiquei procurando pelas campânulas. A margem coberta de grama e pedras sob meus pés era íngreme. Eu ouvia a água tilintando nas sombras profundas lá embaixo. Avistei manchas claras na penumbra, mas sabia se tratar de prímulas. Então desci.

Olhando para cima, para fora da sombra pesada que se estendia sobre a fenda, enxerguei, lá no céu, pedras cinzentas reluzindo transcendentes no puro empíreo. “Estão mesmo tão no alto?” pensei. Não ousei dizer “Estou mesmo tão no fundo?”, mas fiquei inquieto. No entanto, era um lugar encantador, à sombra fria, completo; quando as pedras reluzentes lá em cima eram esquecidas, aquele era um mundo de sombras sem sombras e completo. Havia prímulas por toda parte em ninhos de floradas claras sobre a face escura e íngreme da fenda, e línguas de samambaias penduradas, e aqui e ali sob os galhos dos arbustos havia ramalhetes de heléboros destroçados, quase mortos, mas nos cantos mais frios os botões encantadores ainda pareciam punhados de neve. Havia tantos ramalhetes suntuosos de heléboros por toda parte, durante a sombra do inverno, que quase não se notavam aquelas poucas flores que restavam.

Recolhi as prímulas, que tinham o aroma da terra e do clima. Não havia campânulas. No dia anterior eu tinha encontrado crocos, flores claras, frágeis cor de lilás com veios escuros, se destacando como chamas lilases entre a grama, sob as oliveiras. E queria muito encontrar as campânulas pendendo na escuridão. Mas não havia nenhuma.

Juntei um punhado de prímulas, então subi de repente, deixando ligeiro o curso de água, ansioso por voltar para a luz do sol antes que a noite caísse. Lá em cima eu via as oliveiras na grama dourada ensolarada, e pedras cinzentas altíssimas iluminadas pelo sol. Eu temia que a noite caísse enquanto eu tateava como uma lontra a umidade e a escuridão, que o dia de sol chegasse ao fim.

Logo eu estava de novo ao sol, na relva sob as oliveiras, tranquilo. Era o mundo superior da luz reluzente, e eu estava seguro novamente.

Todas as azeitonas tinham sido colhidas, e os moinhos trabalhavam dia e noite, deixando um aroma forte e acre de azeite à beira do lado. O pequeno riacho crepitava. Um cocheiro de mulas gritou um "Êia!" na Strada Vecchia. Lá no alto, na Strada Nuova, a nova e bela estrada militar que serpenteia em belas curvas subindo a encosta da montanha, atravessando o mesmo riacho várias vezes em pontes, recortando a encosta íngreme acima do lago, serpenteando bela e graciosamente em direção à fronteira da Áustria, onde termina: lá no alto na bela estrada cheia de curvas, ao sol forte do fim de tarde, vi uma carroça de bois avançando como uma visão, embora o barulho da carroça e o estalo do chicote ressoassem em meus ouvidos

Tudo estava claro e colorido de sol lá em cima, rochas cinza-claro compartilhavam o céu, gramas e arbustos amarelados, pináculos de ciprestes marrons-esverdeados e a névoa de oliveiras verde-acinzentadas exalando na margem do lado. Não havia sombra, apenas a substância clara do sol subindo até o céu, uma carroça de bois avançando lentamente à luz do sol, ao longo do terraço superior que era a estrada militar. Assentada na quietude quente da tarde transcendente.

O barco das 4 horas da tarde descia o lago vindo da extremidade austríaca, rastejando sob os penhascos. Ao longe, Verona, além da ilha, jazia amalgamada em uma [illegible]. A montanha do outro lado era tão calma que meu coração pareceu bater mais devagar, como se também quisesse se acalmar. Tudo estava perfeitamente calmo, pura substância. O pequeno barco no chão do mundo lá embaixo, as mulas na estrada sem sombras. Também eram pura substância do sol viajando na superfície do mundo feito de sol.

Um grilo saltou perto de mim. E me lembrei de que era tarde de sábado, quando uma suspensão estranha se impunha sobre o mundo. Então, logo abaixo, avistei dois monges caminhando em seu jardim entre as vinhas nuas e esqueléticas, caminhando em seu jardim de inverno de vinhas e oliveiras esqueléticas, as batinas marrons passando por entre as vinhas marrons, as cabeças nuas ao sol, às vezes um lampejo de luz quando seus pés surgiam embaixo das saias.

Estava tão calmo, tudo tão perfeitamente suspenso, que senti sua conversa. Eles marchavam a marcha peculiar dos monges, uma passada larga e galopante, as cabeças juntas, as saias balançando devagar, dos monges marrons com mãos escondidas, deslizando sob as vinhas esqueléticas e ao lado dos repolhos, as cabeças sempre juntas em uma conversa oculta. Era como se eu estivesse ouvindo com minha alma sombria seu tom inaudível. O tempo todo que fiquei ali em silêncio estive em unidade com eles, um participante, embora não ouvisse o som de sua voz. Acompanhei as passadas largas de seus pés cobertos, que deslizavam sem saltar e sem fazer barulho de uma extremidade à outra do jardim, e voltavam. As mãos ficavam ao lado do corpo, escondidas pelas mangas compridas e pela saia de suas vestes. Eles não se tocavam, nem gesticulavam ao caminhar. Não havia nenhum movimento além das passadas furtivas e das cabeças se aproximando. Mas havia uma ansiedade em sua conversa. Quase como criaturas das sombras aventurando-se ao sair de seu elemento frio e obscuro, eles voltavam e avançavam em seu jardim de inverno, acreditando que ninguém os via.

Acima deles, o brilho suave e vibrante da neve. Eles nunca olhavam para cima. Mas o brilho da neve começou a reluzir enquanto caminhavam, o esplendor maravilhoso, suave, etéreo da longa extensão de neve nos céus, no fim da tarde, começou a se acender. Mais um mundo se aproximava, a noite rara e fria. Despontava em um rosado primoroso de gelo ao longo do cume da montanha. Os monges voltavam e avançavam, conversando, à primeira sombra.

E percebi que acima da neve, frágil no céu azulado, uma lua frágil surgira, como uma película fina e recortada de gelo flutuando na corrente lenta da noite que se aproximava. E um sino soou.

E os monges seguiam voltando e avançando, voltando e avançando, com uma regularidade estranha e neutra.

As sombras começavam a cobrir tudo, por causa das montanhas a oeste. O bosque de oliveiras onde eu estava foi apagado. Aquele era o mundo dos monges, o aro de palidez entre a noite e o dia. Ali eles caminhavam, voltando e avançando, voltando e avançando, à luz da sombra neutra e sem sombras.

Nem o clarão do dia nem a plenitude da noite os alcançava, eles percorriam o caminho estreito do crepúsculo, trilhando a neutralidade da lei. Nem o sangue nem o espírito falava neles, apenas a lei, a abstração da média. O infinito é positivo e negativo. Mas a média é apenas neutra. E os monges voltavam a avançavam pela linha da neutralidade.

Enquanto isso, no cume da montanha, a neve ia ficando rosa--incandescente, como se o céu estivesse desabrochando. Afinal, o não ser eterno e o ser eterno são a mesma coisa. Na neve rósea que reluzia no céu sobre uma terra escurecida estava o êxtase da consumação. A noite e o dia são um, a luz e a escuridão são uma, iguais na origem e na emissão, iguais no momento, de êxtase, a luz fundida na escuridão e a escuridão fundida na luz, como na neve rósea acima do crepúsculo.

Mas nos monges não era êxtase, neles era neutralidade, o subterrâneo. Transcendente, acima da terra sombreada e crepuscular estava a neve rósea do êxtase. Mas se espalhando sobre nós, lá embaixo, a neutralidade do crepúsculo, dos monges. A carne neutralizando o espírito, o espírito neutralizando a carne, a lei das médias assegurada, assim eram os monges voltando e avançando.

A lua subiu mais, se afastando do cume nevado e desbotado, tornando-se aos poucos ela mesma. Entre as raízes da oliveira uma margarida de pontas rosadas adormecia. Colhi a margarida e coloquei-a com o pequeno buquê frágil de prímulas, para que seu sono aquecesse as demais. Também coloquei algumas pervincas, bem azuis, que me faziam lembrar dos olhos da velha.

O dia tinha chegado ao fim, o crepúsculo tinha chegado ao fim, e a neve estava invisível quando desci até a margem do lago. Apenas a lua, branca e reluzente, estava no céu, como uma mulher se vangloriando da própria beleza enquanto passeia soberba aos olhos do mundo, espreitando às vezes pelas folhas das oliveiras, outras olhando para o próprio corpo esplêndido e trêmulo, completamente nu na água do lago.

Minha velhinha tinha sumido. Ela, toda luz do sol, não admitia a lua. Vivia sempre como um pássaro, olhando para todo o mundo lá embaixo ao mesmo tempo, tudo secundário em relação a ela, a consciência vigilante pairando sobre o mundo como um falcão, como um sono de vigília. E, como um pássaro, ia dormir quando as sombras chegavam.

Não conhecia a rendição dos sentidos e a posse do desconhecido, por meio dos sentidos, que acontece sob uma lua esplêndida. O sol todo glorioso não conhece essas concessões. Segue seu caminho. E as margaridas logo vão dormir. E a alma da velha fiandeira também se fechava ao pôr do sol, o descanso era um sono, uma pausa.

É tudo tão estranho e variado: os italianos de pele escura extasiados à noite ao luar, a mulher de olhos azuis extasiada sob o sol intenso, os monges no jardim lá embaixo, que deveriam unir os dois, passando apenas na neutralidade de média. Onde, então, é o ponto de encontro, onde na humanidade o êxtase da luz e da escuridão se unem, a transcendência suprema do arrebol, o dia pairando no abraço da noite que se aproxima como dois anjos se abraçando no céu, como Eurídice nos braços de Orfeu, ou Perséfone abraçada por Plutão?

Onde fica o êxtase supremo na humanidade, que faz do dia um deleite e da noite um deleite, do propósito um êxtase e uma confluência em êxtase, e o abandono único do corpo e da alma únicos também um êxtase ao luar? Onde fica o conhecimento transcendente em nossos corações, unindo sol e escuridão, dia e noite, espírito e sentidos? Por que não sabemos que os dois em consumação são um; que cada um é apenas parte; parcial e sozinho para sempre; mas que dois em consumação são a perfeição, fora do alcance da solidão?

De “Amanda”

NATHANIEL HOOKES

Sonolenta, querida? Eu bem vejo
Morfeu parece querer dar lhe um beijo
Meu maior rival, tenta Morfeu
Fechar a cortina sobre os olhos teus;
E suas asas abanando,
Adormece meu amor brincando;
Suas belas penas a balançar,
Para lá e para cá!
Ah ele me tantaliza
Com esses seus olhos me hipnotiza!
Me engana e me faz estremecer,
Abrindo e fechando a seu bel-prazer;
Os dois, um só, o deus amoroso
Brinca com seus olhos curiosos;
Minha língua gagueja sem saber
Se bom dia ou boa noite deve dizer;
E teus olhos brilham ainda mais,
Que da noite a estrela mais sagaz;
E a vela aqui dentro reluz
Refletindo nas órbitas sua luz.

Índice de autores

Índice de primeiras frases

Prosa

Poesia

Este livro foi composto na tipografia Sabon LT Std,
em corpo 11/16,5, e impresso em papel
off-white no Sistema Cameron da
Divisão Gráfica da Distribuidora Record.